変革は、弱いところ、小さいところ、遠いところから

清水義晴

目次

1章　まちづくりから地域が変わる、学校が変わる

まえがき

小学校の三～四年のころから死と向きあう日々が続きました。学校に行き、友だちと遊んだり授業を受けたりしているときは忘れているのですが、夜になり、床に入ると死への恐怖が、蛇が鎌首をもたげるように私のこころをおびやかしてくるのです。

なにかおそろしい底なしの穴をのぞくような言い知れぬ恐怖で眠れない日々を、どれほどくり返したでしょうか。高校でラグビーをするようになり、からだを動かし疲れて眠ってしまうようになって、それはずいぶん軽減されましたが、私のこころのいちばん奥のほら穴に魔物のようにドッカリと座りこんで、ときおり私を恐怖の淵に引きずりこむのでした。

この逃れようもないと思われた死への恐怖が、私のいのちの燃焼の裏返しであることに気づかされたのは、いつごろからだったでしょうか。はっきりとは思い出せないのですが、死と向きあうことの裏返しに、生への希求というか、自分のいのち以上のものに出会い、自分のいのち以上のものに自分を賭けたい、無我夢中で死をも忘れ、死をも超える生き方をしたいという想いがあることに三十代半ばで気づき、以降、その想いが育ってきているようなのです。

今、新潟市長選の真っただなかでこの「まえがき」を書いているのですが、とくに、この選挙に入ってからそれは大きくふくらんで、これで死んでも悔いはないというような想いも出はじめ、自分自身のこころの変化に驚かされています。

今まで選挙活動や政治にはいっさいタッチしたことがなく、選挙事務所に出入りしたこともなかったまったくの素人の私が、友人が市長選への出馬を決心したことと、時の成りゆきで思いがけず、ほんとうに思いがけず、選挙対策本部長という重責を担うことになったのです。

人生は、ほんとうに先になにがあるかわからないものです。こんな人生の展開が待っていようとは予想もできませんでした。自分の意志とはべつのところで人生は動かされ、決まっていくもののようです。そんな、まったく縁のなかった選挙を私が手伝おうと決めたのは、友人の自分を投げうっての志に動かされたこともありますが、それと同時に、選挙のあり方・やり方が変わらなければ、新潟が、少し大袈裟に言えば日本が変わらないのではないかと思ったからです。

前回の新潟市長選は、投票率が三七パーセント弱でした。今回の選挙も、現助役と共産党候補の立候補だけでは、それ以下の投票率になったでしょう。選挙や政治にもうだれも期待していないからです。でも、それでいいのだろうか、このまま無関心・不参加を続けていたら、選挙も政治も一般市民とはかけ離れるままに、新潟も日本も奈落の底へ落ちてしまうのではないだろうかと考えなおしたのです。

小さい力、たったひとりの想いからでも立ち上がらなければ、今の世の中はなにも変わらない。選挙や政治に期待できないなら、自分たちで、夢や希望がもてるような選挙や政治を創りだす一歩を踏みだしてみようと思い至ったのでした。選挙の結果がどうなるかまったく読めない混沌の渦のなかでこの文章を書くことは、少し勇気のいることですが、私は勝ち負け以上に、それをしなければならない、止むに止まれぬ想いに駆り立てられたということを書きとどめておきたいと思います。


私の転機はこれまでいくつかあったのですが、はじめは二十六歳のときの父の死でした。元気で寝込んだこともない父が急に倒れ、三日めに肺炎を併発し、突如亡くなったのです。青天のへきれきでした。

ほんとうに人生は思いがけないことが突如襲ってくるものです。この父の死によって、つぎの日から私は、印刷会社の経営を引き継がなければならなくなったのです。父の遺品を整理していると、会社の決算書が出てきて、その決算書の意味がわからず（いわゆる決算書が読めなくて）、途方に暮れたことを今でもハッキリと思い出せます。しかし、そのことが私に、会社とはなんだろうか？　経営とは？　会計とは？　という強い問題意識を育ててくれ、私なりの答えを導きださせてくれたのでした。そのあたりの事情は、この本にも少し現れていると思いますが。

つぎの転機は人生の師のやはり突然の死でした。父の死と相前後して出会ったグラフィック・デザイナーの藤坂泰介先生が、私の一生の師です。父の死の一年まえ、お得意先であった秋田の岩田次夫さんが、「おまえのところは一生懸命で誠実さはあるが、デザインや企画面が弱い、この先生について学んでほしい」とみずから旅費を払って新潟に連れてきてくださったのです。

この先生はすさまじい仕事の鬼でした。五十二日間、いっしょにカンヅメになって仕事をしたのですが、藤坂先生は一日三〜四時間しか寝ないのです。先生は当時六十歳くらい、私は二十五歳でしたが、私のほうが先に寝て、先生よりあとに起きるという始末でした。デザインや企画の勉強をしたこともなく、ボンボンに育った私は毎日のように怒られ、叱られ、どれだけ挫折感を味わったことでしょう。恐くて恐くて、まともに口をきくこともできないような有り様でしたが、しだいに打ちとけるようになり、おつきあいしはじめてから八年ほどたって、一杯飲んでいるときに、「最近はきみと飲んでいると楽しいよ」と言われたときは、天にも昇るような思いでした。

そして忘れもしない、先生が亡くなるまえの年、一九八六年十二月二十三日、二人だけの出版記念会を開いたのでした。師は十冊ほど本を出されていて、そのつど自費で（ふつうはまわりの人がお祝いするものですが）親しい人だけを集め、自分好みの店で出版記念会を開いていました。そのときは私が「今回は二人だけでやりましょう」と提案し、快く引き受けてくれたのでした。

中華料理店で二人だけで飲んでいると、師がポツリ、「ぼくの晩年はきみと出会えたことでしあわせだったよ」と言ってくださったのです。今、このことを書いているだけで胸が熱くなりますが、私にとっては、至福というのはこういうことか、私はこの人に出会うために生まれてきたんだとさえ思えたのでした。

その師がわずか一か月後の翌年の一月二十五日に突然倒れ、三日後に亡くなるのです。私には「一巻の終わり」としか思えませんでした。なにも手につかなくなったのです。ああ、私は今までの自分を捨てて、一から人生をやり直そう、それでしか生きられないと思いつめ、弟にそのことを打ちあけて社長をバトンタッチしたのでした。三十八歳のときです。師が私に残した言葉があります。「義晴クン、きみが慢心したときが、ぼくがきみから離れるときだ」というものです。

今になってそのころの私を思い返してみると、会社も成長して慢心のときであり、師の死はそのことを私に告げるものだったと思えます。人は死んでこころを残し、まわりの人を育ててくれるもののようです。そのあと私は、いくつかの出会いや経緯をへて、現在のまちづくりの仕事にかかわるようになっていくのですが、それについてはこの本のなかで語りたいと思います。

そして、三回目の転機が今です。この選挙の最中に、この本にも出てくる〈浦河べてるの家〉のメンバー、大工のてらさんが私に言ったことがあります。「清水さんが負けつづけることが、きっと選挙に勝つことにつながるんだよナー」。このてらさんの言葉が今の私の指針です。

権力闘争の選挙ではなく、仲間づくりの選挙にするために、私がまわりの人たちに負けつづける、それはつまり、私がどこまで「降りていけるか」にかかっているということだと思います。(「昇る」ことよりも「降りる」こと、「勝つ」ことよりも「つながる」こと、というのが私自身の、同時にこの本のテーマでもあります。)

それにしても勝敗は時の運です。どうなるかは天のみぞ知ることですが、どこまで降りて、どこまで多くの人のこころとつながれるかこそが、今の私の勝負なのです。

少々変わったまえがきになりましたが、この選挙を、そして人生をいつも支えてくれた妻の由美子さん、「好きなことを思いきって自由にやりなさい!」といつも励ましてくれたオフクロさん、私を支え応援してくれる弟たち、二人の子どもたち、そして、私の財産である友人たちに、こころからの感謝を申し上げたいと思います。また、長い時間かかったこの本の出版を気長に待ち、激励してくださった太郎次郎社の浅川満代表、北山理子さん、そしてなによりご面倒をかけ、私以上にいい文章を書いてくれた小山直さんに、こころよりお礼申し上げます。

二〇〇二年十月　新潟から沖縄へ向かう機上にて

清水義晴

序章

〈弱さ〉を絆に、トラブルを糧に

〈まちづくりワークショップ〉が始まった

●ここは、なにもない町です！

「この紙一枚で、みなさんのまちを表現してみてください」

そう言って私は、参加者全員にＢ４判のコピー用紙を渡しました。本来は、たった一枚の紙を使って自分を表現してみるという「自己表現ゲーム」なのですが、この日はふと思いついて、自分の住んでいる町を表現してもらうことにしたのです。紙は折っても曲げても、なにかを書いても、どのように使ってもかまいません。

参加者のほとんどに、これはむずかしいぞ……、という困惑の表情が浮かんでいます。ワークショップ初日のゲームとしてはちょっとむずかしかったかな、と私が思いはじめたところへ、「おれ、できたぞ」という大きな声とともに手が挙がりました。早坂潔さんでした。

彼は、私のここ十年来の友人です。〈浦河べてるの家〉（このきわめてユニークな組織については、のちほど詳しく触れます）のメンバーである早坂さんは、ストレスが過度にかかると発作を起こして倒れてしまうという病気を抱えています。さて、元気よく前にすすみ出てきた彼が、発表のトップバッターとしてどんなことを言うのかと注目していると、渡されたままの白紙を頭上にかざしてこう言ったのです。

「なにもない町です！」

一瞬の沈黙のあと、会場は大爆笑。あまりのことに、もう笑うしかありません。まいったなあと思いつつも、どこかみんな感嘆しているようでもありました。私も、思ったことをまったく飾らないままストレートに表現する早坂さんを、あっぱれに思いました。そして、きょうを初日として五回にわたり、延べ十日間、開催されるこの「まちづくりワークショップ」が、ひじょうに実り豊かなものになるだろうという強い予感と期待感を抱いたのです。

これで気が楽になったのか、つぎつぎと手が挙がりました。紙を丸めたりイラストを描いたりすることで、この町の夕陽や川など自然の美しさを表現する人、あるいは「こんな美味《うま》いもの、よそにはない！」と食材の豊かさを熱く訴える人、一文字を紙に大書してこの地域の気風や人柄などを表現しようとする人などさまざまです。ワークショップの会場となっている文化会館の研修室は、笑いと拍手が絶えません。ワークショップの初日、少なからぬ数の参加者が多少の不安を抱えながらこの会場に足を運んだはずだと思うのですが、早坂さんの発表のあと、みんなの緊張感がほぐれていったのが私にはよくわかりました。

それぞれに個性的な発表のなかでも、私がとくに忘れがたいのは、やはりべてるの家のメンバーである荻野仁さんの発表でした。彼は紙を幾重にも折り畳んでさらに捻じりあげ、この地域の特産物である昆布を表現したのです。なぜこの発表がそんなにも印象的だったのかというと、私を含め、参加者のだれにもそれが昆布を表現しているとは理解できなかったからなのです。しかしそのわかりづらさのゆえに、彼の発表がほかの参加者に強い印象（感動ではありませんが）を残したのは間違いのないところでした。ともあれ、なかなかにシュール（？）な作品だったと、感想を述べておきましょう。

私はワークショップ初日のプログラムに、このような自己表現ゲームをとり入れることにしています。ゲームをとり入れることで、参加者の緊張を解きほぐし、同じ時間と空間をともにしているという意識づくりと場づくりを静かに始めることができるからです。私たちはこれを「ゆるやかな関係づくりゲーム」と呼んでいます。一見すると、まちづくりとはなにも関係がないような子どもじみたゲームをくり返しているうちに、自分を安心してだせるという気持ちが参加者一人ひとりに自然と芽生えていきます。

たとえば、私がとり入れているコミュニケーション・ゲームのひとつに「インタビュー・

ゲーム」というのがあります。これは平井雷太氏（「セルフラーニング研究所」所長、「教えない教育」の実践者）が開発したものですが、二人一組になって、お互いに二十分ずつインタビューしたあと、その内容を編集して、相手になりかわって自己紹介ならぬ他己紹介をするというゲームです。相手から聞きだす内容は自由ですが、答えたくない質問のときには答えをパスすることができます。たった二十分ですが、インタビュー・ゲームの二十分間はじつに充実した時間です。はじめて知りあった人の場合は、この二十分でかなりの情報をお互いにもつことができますし、私の経験では旧知の人どうしでインタビュー・ゲームをおこなった場合でも、今まで一度も聞いたことがない話を相手から聞いた、ということが何度もありました。

「聞く」ということの大切さと、ゲームのもつふしぎな力（ルールがあるから人は安心して話をします）を、インタビュー・ゲームをするたびに私は再確認します。

このようなコミュニケーション・ゲームにおいて、そのできばえや説明の巧みさはまったく問題となりません。一人ひとりがそれぞれの意見や感じ方をもちつつ、そこに参加しているという実感をもつことが大事なのです。けっして発表の優劣を競ったり、議論してどちらがより正しいかと闘いあうような場ではありません。ワークショップとは、お互いの考えや立場の違いを学びあいながら、提案や企画をまとめる手法であり、その集まり、「場」のことです。

●精神障害者がまちづくり講座を引っぱる

北海道浦河町で二〇〇一年六月から十一月にかけておこなわれたこの「まちづくりワークショップ」は、私にとって忘れがたい仕事のひとつとなりました。それは、参加者のなかに多くの精神障害者の人たちがいたからです。中小企業の事業主、会社員、役場職員、教員、主婦の人たちといっしょになってのワークショップ。それは「障害者と健常者がいっしょになって」とわざわざ言うのがそぐわないほど、自然におこなわれました。

たしかに、今までにない問題にも遭遇しました。精神障害者の人たちは、その日の体調によって参加できたりできなかったりしたからです。今回のような、五回連続して同じテーマを掘り下げていって最終的に企画をまとめるといった内容のワークショップでは、受講生が固定しないのは進行役としてなかなかたいへんなことでもあり、これはほかではあまりない経験でした。

しかし、私がこのワークショップを忘れがたいのは、そのような苦労のためではありません。前述した早坂潔さんをはじめとする精神障害者の人たちが、きわめて本質的にワークショップの精神を理解して行動してくれたことに、あらためて驚いたからなのです。ワークショップには、つぎの五つの原則があります。

一、参加者は対等な関係であることを前提とする
二、共同作業による集団創造性を目指す
三、理性だけでなく、楽しさや感性を重視する
四、主体的なかかわりを重視する
五、それぞれの個性や価値観を尊重する

前述した「なにもない町です！」の早坂潔さんなどは、ただちにこの原則を理解しました。まさに「理性的」ではなく、とつけ加えてもよいでしょう。彼だけではありません。ほかのべてるの家のメンバーも同様でした。私の知るかぎり、精神障害をもつ人たちは、長い時間集中したり緊張を保ったりすることが苦手です。ですから、一方的に話を聞かされる講演会などは、最後までじっと聞いていることがひじょうにむずかしいのです。早坂さんも例外ではありません。講演が始まって十五分も経つと、そわそわと落ち着かなくなり、煙草を吸いに会場を出ていきます。しかしワークショップのような、参加者同士が対等の立場で話しあい、しかも発言や提案の出来・不出来が評価につながらない安心できる場では、ひじょうに大きな力を発揮することができるのです。

私は専門家ではないので、これが精神障害者固有の長所なのかどうかはわかりませんが、

やはり私には、べてるの家という組織を運営するなかから彼らが身につけた実力なのだというように見えました。毎日がミーティングだというべてるの家はまさに、ワークショップを日々実践することによって現在の立場を築いてきたと言ってよいでしょう。

精神医療や社会福祉の関係者のあいだでは、すでにだれ知らぬ者のない存在となったべてるですが、ここの活動のユニークさは、そのような専門分野での評価だけに収まるものではけっしてありません。

私は、今後の日本の将来をなにがしかの希望を抱きながら考えるとき、べてるの家で育まれた知恵とその実践抜きに、それを思い描くことはできません。この国はすでに変革を始めている。そしてそれは小さな、中央から遠い、名もあまり知られていないようなまちから始まっているという、私の確信のもっとも象徴的な例が、北海道浦河町のべてるの家の活動です。

そのユニークな理念や組織運営の実践は、長い時間をかけてこの国のあり方に大きな影響を与えることになるでしょう。べてるの為《な》していることは、現在の日本ではたしかにまだ風変わりではありますが、それを受け入れる下地はもうすでに整っていると私は考えています。べてるは〈弱さ〉や〈苦労〉といういままで否定的にしか語られていなかったものを、大いなる価値として見出し、活用したのでした。

●べてるの家との出会いは一通の手紙から

一九九〇年十月、私は一通の手紙を受けとりました。差出人は浦河に住む小山直《こやますなお》さんです。手紙の中身は、べてるの家の実質的リーダーである向谷地生良《むかいやちいくよし》さん（浦河赤十字病院医療相談室ソーシャル・ワーカー）が、専門誌などに発表した講演録とエッセイのコピーでした。

そこには、べてるの家に集い、ともに暮らす精神障害者の人びととの交流や、向谷地さんが仕事を通じて出会った人たち（精神障害者として入退院をくり返している人たちやアルコール依存症の人、あるいはアイヌ民族としてさまざまな差別を甘受せざるをえなかった人たちやその家族など）とのエピソードが綴られていたのです。

たとえば、「和解」というエッセイにはこんなことが書かれていました。

週末に教会学校に集まる小中学生たちが、同じく教会に通う早坂潔さんを差別の対象としてからかい続けていたときのことが綴られています。早坂さんに向けられる「この、七病棟！」という罵声は、精神障害者差別のあらわれ以外のなにものでもありません。当時二十代の向谷地さんは、「あまりの態度に怒りを通り越し、大きなため息をつくのが精一杯の心境であった」と記していますが、そのような言葉を投げつける当の子どもたちが「家庭では、酒におぼれる父を巡る、果てしのない葛藤の中に暮らしていた」り、あるいは「『アイヌの乗ったブランコ乗りたくない』と近所の子に言われ、泣いて家に帰ったことのある」ような子ばかりだったのです。どの子も、幼くして人生の苦労や辛酸を味わいながら日々生きていかざるをえない環境で暮らしていました。

向谷地さんはこう続けています。

「それは、決して彼等が望んだのでも、選んだのでもない。しかも、逃れようと思い立っても、決して断ち切ることを許さない、永遠にも似た貧しさと嘆きの連鎖と共に生きることを余儀なくされてきた。その連鎖は、私のちっぽけな正義感など全く寄せ付けないほどの、一〇〇年にも及ぶ歴史の重さを引きずっている。それを思うときに、彼等の早坂さんへの仕打ちと振る舞いは、ある意味では『必然的』なものに思えてならなかった。それは自分自身への怒りと劣等感、そして不条理な運命への抵抗が行き場を失い、早坂さんという最も弱い所へ転嫁したものに違いないと思えたからである。」(『べてるの家の本』所収・べてるの家刊)

私は、この小さな文集に心底うたれました。読み進むにつれ、あふれ出る涙を止めることができません。なんと驚くべき実践の記録なのだろう、そしてなんと深い人間観なのだろう、そう私は受けとめました。ひとことで言うと、それは向谷地生良さんというひとりの人間が愛を見出すまでの体験の記録です。ひとつひとつは短い淡々とした文章に綴られた、その実践に私はこころを打たれたのです。

また、向谷地さんという人間のみごとさだけではなく、べてるというところからわき起こってくるなにかがあるのだと直感しました。「場」のもつ力です。

このようにさまざまな苦労や失敗を積みかさねているにもかかわらず、仲間への批判や不信の巣窟へと成り果てていかないべてるという組織は、いったいなにものなのだろうか。いや、むしろ多くの失敗や苦労を糧にして、べてるは他人への信頼を育んでいるようにさえ見受けられるのです。私は、向谷地さんの感じ方やものの見方に深い共感をおぼえると同時に、べてるという組織のあり方、運営の方法にもひじょうに興味を抱きました。

ほんの数年まえまでは中小企業の経営者のひとりであった私にとって、べてるはある意味では信じがたいほどの非管理型組織です。しかし、管理という手法の限界をつね日頃から痛感していた私にとって（なにより私自身が管理されることが大嫌いです）、これこそがこれからの個人と組織の関係のモデルともいえる事例なのではないかと直感したのです。

そして、ここで起こっていることをぜひ世の中に紹介したいと思い、本を出版することにしたのでした。一九九二年四月に出版された『べてるの家の本』は、流通を通さずにべてるの直販だけで約二万部を売り、十年経った今でも読み継がれています。

べてるの家の経営理念、誕生

●成功をめざさないこと、をめざす

現在（二〇〇二年）べてるの家は、ひじょうに多岐にわたる事業活動を展開しています。

社会福祉法人としての認定を受け、昆布の製品づくりと販売を引き継いだ小規模作業所と、まちづくり支援を目的として新たに活動を始めた授産施設の両方で多くのメンバーが働き、町内に点在する八つのグループホームを経営しています。

さらに有限会社「福祉ショップべてる」では、介護用品の販売や補助具の設置をはじめ、清掃や廃棄物処理などの仕事、あるいは地元のスーパー、書店、ホームセンターの配送サービスなど、じつにさまざまな地域のニーズを仕事に変えて取り組んでいます。

メンバー（障害者本人）、職員、パートタイムで働くスタッフなどを数えあげると、その数

はゆうに百人を超えるでしょう。さらに看護婦さんや医師などの病院職員、行政の専門家や担当者などが日常的に運営に参加しているので、人口わずか一万六千人の浦河町において、もはや無視することのできない存在の組織となっています。

しかし、私が出会った十年ほどまえのべてるは、有限会社もまだ設立されておらず、作業所に集まるメンバーが地道に昆布の袋詰め作業に従事するだけの、ちっぽけな、そしてどこか哀愁を感じさせるようなところでした。

「清水さんから本を出版しましょうと持ちかけられたころ、じつはべてるは、どん底の危機からほんのちょっと這い出てきたばかりの時期でした」と、のちに向谷地さんから聞いて知りました。だから、そんな自分たちの活動を本にして全国に伝えたいなどと申し出てきた清水という人は、大丈夫な人なのだろうかと、当時べてるでもとまどったということです。

しかし私は、べてるの商売がうまくいっているかどうか、あるいは精神医療の業界において専門家からどんな評価を得ているかといった、事業体としての成果には興味がありませんでした。障害者の人たちが自分たちで事業を始めて、しかもこんなふうにうまくいっているなどという成功事例としてべてるに関心をもったわけではないのです。べてるという組織の運営を支えている考え方や人間の見方、つまりべてるの理念に新しい価値があると思ったのです。

向谷地さんが語った以下のエピソードから、そんなべてるの秘密の一端をうかがい知ることができます。

「清水さんから本の出版の話があって数か月ほど経ったころ、小山直さんをはじめとする町の人たちがべてるを訪ねてくれました。真冬の夜でした。ほとんどの人がべてるに来るのは初めてでした。当然です。みなさん、べてるの存在すら知らなかったのですから。共同住居の居間には、十人ほどのメンバーや病院のスタッフが待っていて、一行が到着すると、狭い居間はギュウギュウ詰めの状態でした。そんななか、精神科の川村敏明医師がまずこう口火を切りました。『みなさんどうもありがとう。こんなに大勢の地域の人がここに来てくれたのは、べてる始まって以来です。きょうは私たちにとって記念すべき日です……』。

このつい半年ほどまえまで、べてるはどん底の状態でした。メンバーの電話の応対が悪い、と昆布の下請け作業を断られ、さらには長いこと共同住居の住人の精神的支えとなっていた牧師夫妻が転勤し、それにともなって早坂潔さんなど主要メンバーがつぎつぎと入院してしまう。そんな最悪の状況から、ほんの少し回復の兆しが見えてきたところでした。

下請けがだめなら、昆布を仕入れてきて自分たちで売ってみようじゃないか、そんな無謀ともいえる試みがうまくいきました。それでなんだかみんな勢いづき、元気になって、私たちもやれそうだ！　と一息ついたというのが当時の状況でしょうか。

でもね、私はこう思うんです。たとえ自分たちで商売をするという挑戦が失敗に終わっていたとしても、それでもいいじゃないかと。それは、努力したから結果は問わない、というのとは少し違っています。

最初に昆布の買いつけに用意した十万円の元手は戻ってこないかもしれないが、私たちは今までになかったような貴重な苦労をした。昆布はどこにいって仕入れたらよいのだろう、どうやったら商品というのは売れるのだろうと、すべてがメンバーにとって初めての経験であり、人間らしい苦労でした。私はべてるが今のような成功をおさめていなかったとしても、たぶんなんの後悔もしないでしょう。最初から、成功することが目的ではないのですから」

向谷地さんのこの最後の言葉は、べてるという組織の本質を簡潔に表現していると思います。結果を求めない、少なくとも最優先しない、それがべてるです。もちろん、べてるといえども商売をしていることになんら変わりはないわけですから、売り上げを伸ばすことに努力をしないわけではありません。それどころか、どうやったら売れるか日々話しあいをしていますし、売り上げは毎年、順調に伸ばしてきています。

しかし、結果を求めるあまりに仕事に振りまわされたり、人間関係をこじらせてしまうようなことはしたくない。そういうことをすると、とたんに病気になってしまう。それがべてるのメンバーの現実なのです。成功をめざしつづけることは、彼らにとって人生の危機を招き寄せることを意味しています。

●異質なものを排除しない

昆布の販売から商売に乗りだしたべてるは、その後、介護用品の販売を始めました。最初は成人用の紙オムツの販売が主でしたが、しだいに取り扱い品目が増え、物販だけでなく介助用のてすりの取り付けや車いすの修繕、車いす用玄関スロープの施工までと業務を拡大してきました。

この福祉ビジネス部門を昆布作業と切り離して独立した事業としたい、それも作業所としてではなくて会社をつくりたい、とべてるでは考えました。一九九三年のことでした。このとき私は、べてるからアドバイスを依頼され、新会社設立のお手伝いをすることになったのですが、その設立準備会議の席上において、私はべてる流の物事の進め方、運営の仕方の真骨頂を見ることができたのです。

会社設立を話しあう会議には、向谷地さんや作業所のスタッフばかりでなく、すでに私には顔なじみのべてるのメンバーが多数参加していました。そのときの正直な印象を述べますと、メンバーはみんな（本格的に商売に乗りだすことは賛成なのですが）不安そうな様子をしていました。向谷地さんだけがなんの不安も感じていない様子でした。

ほとんどの人たちが、組織というものにうまく馴染めず、苦く手痛い挫折を味わった経験をもっているのですから、それは当然ともいえます。会社勤めをしているうちに不眠症になったり、幻聴に悩まされるようになった人や、入退院をくり返すたびに何度も職場を変えたがそれでもダメだったというような人が集まっているのが、べてるというところです。自分たちにほんとうに会社なんてできるのだろうかと、内心は一様にこころもとなく思っているのはあきらかでした。

そのとき、ひとりの参加者が、そんなこころの内を見透かしたかのようにこう言い放ちました。

「あんたたちみたいな馬鹿に、会社なんてできるはずがないじゃないの」

その女性は入院歴もある患者さんでしたが、病者としての自覚のまったくない人で、つねに自分を健常者として一段高い立場に位置させて、精神障害のあるべてるのメンバー（つまりは自分の仲間たちなのですが）をいつも馬鹿にしている人でした。

「あんたたちみたいな馬鹿が集まって会社だなんて、なに言ってんの」「ぐうたらですぐに疲れてしまうくせに冗談言うんじゃない」「世の中でまともに通用しないから、今こんなところに居るんじゃないの」……

彼女の罵倒はとどまるところを知りません。しかし、彼女の辛辣きわまりないあざけりが、それまで会社設立をためらっていたみんなの気持ちに火をつけました。

「いや、おれたちにだってできるさ」、ひとりがたまりかねてそう言うと、つぎつぎと賛同の声があがりました。「やってみるべ！」「そうだ、やってみるべ！」。先ほどまでの不安そうな消極姿勢もどこへやら、一気に会社設立へと参加者の気持ちは固まっていったのでした。

私はこのとき初めてべてるを「体験」したような気持ちがしました。

あきらかにこのときの会議では、その女性の強硬な反対があったからこそ、会社を設立しようという決心へ向けて、みんなの気持ちが固まっていったのです。彼女はこのときばかりでなく、ふだんから、べてるのやることなすことにケチをつける人でした。けれども、べてるの作業所へは毎日通ってきていました。異質なものを排除しないというべてるの運営の大原則が、この場において役に立ったのです。もしこの女性が、和を乱すとか協調性がないとかいうようなもっともな理由で排除されていたとしたら、あるいはべてるが排除するような組織だったとしたら、あのようなダイナミズムはけっして生まれなかったでしょう。

また私は、その女性が安心してなんのためらいもなく自分の意見を述べていたことにも、深い感銘を受けていました。「自由になんでも思っていることを言ってよい」と言われたとしても、人はそうやすやすと自分の本心を語れるものではありません。組織でのそんな甘い言葉など簡単に信用してよいわけではないことを、多くの人は経験的に知っています。たいていの場合、組織というのは「組織に都合のよい自由な意見」だけを求めているからです。

しかし、この女性は安心しきっていました。これほど辛辣に仲間を批判したあとに、自分がこの先も今までどおりべてるの作業所に通えるだろうかなどとは、これっぽっちも心配していない様子でした。またボロクソに言われたほかのメンバーのほうでも、この女性をべてるの利益にならない人物として追い出そうなどとは、やはりまったく思ってもいないのはあきらかなのです。会議が終わってのお昼どき、その女性とほかのメンバーが、まるで何事もなかったかのようにおかずを分けあっていました。私はそれを見たとき、ここはほんとうに懐の深いところだな、とあらためて思い知らされたのです。

●「常識」を超えたべてるの理念の誕生

さて、会社を設立することは無事決まったのですが、どこから手をつけたらよいのか、べてるの人たちには見当がつかなかったようです。「清水さん、まずなにをしたらよいでしょう?」と助言を求められた私は、こう提言しました。

「まず会社の理念を決めましょう。なんのためにこの会社を始めるのか、どんな思いで会社を運営していけばよいのか、自分たちはほんとうはどんな仕事がしたいのか、それを話しあってみませんか」

私は、企業活動をいきいきとしたものにするためのいちばんの原動力は理念であると考えています。

この提案を受けてべてるのみんなは、「なるほど、どんな会社をつくりたいか、か……」と真剣に考えはじめました。「儲けるべ」「少しでも町の役に立ちたいな」といろいろ意見が出はじめます。しばらくして、ひとりのメンバーがこう言ったのです。

「利益のないところを大切にする会社をつくりたい」

この言葉は、その場にいる人たち全員のこころをとらえました。私も、すごいことを言ったなと思いました。言ったのは、共同住居に住んでいる村上求さんでした。村上さんは、建具職人をしていた、まじめで、メンバーからの信頼篤い人です。この言葉には、べてるにたどり着くまでに何度も入退院をくり返し、職場を変えざるをえなかった彼の人生の重みが込められていました。

ふつう、会社は利益のある仕事を捜し求めます。当然すぎるくらい当然のことです。しかし、利益のあるところ、効率のよいところというのはだれもが群がってくるところで、激しい競争を生みだします。そして、結果として利益は思ったよりも少なくなり、そこで生き残っていくためにはやはり「優秀な人材」が必要となるのです。そんな食うか食われるかの世界のなかで、べてるが生き残っていけるはずがありません。

しかし、利益が薄く、最初から人が手をつけたがらないような仕事、言ってみれば見捨てられているような分野であれば、自分たちの活躍の場があるかもしれない。そればかりではない。利益を追求しはじめたら、メンバーのなかでも、より働ける者が優遇されるに違いない。そしていつのまにか、自分たちに失格の烙印を押した世間の会社と同じように、べてるも競争と効率に明け暮れるようになってしまうだろう。村上求さんの言葉には、そういう思いが込められていました。

こうしてべてるは、一九九三年六月、有限会社「福祉ショップべてる」を設立することになります。紙オムツ（主として成人介護用）の宅配、早朝のトイレ掃除やゴミ回収の下請けなど、あまり人が手をつけたがらない分野を仕事として開拓していきます。理念を忠実に実行へと移したのです。そして結果として、しだいに売り上げも伸びていき、与えられた仕事を仲間と分けあう会社へと成長し、今に至っています。

福祉ショップべてるには、もうひとつだいじな理念があります。それは、会社をつくり、みんなで失敗やもめ事をくり返すなかから自然と生まれてきた理念で、「安心してサボれる会社にしよう」というものです。発案者は下野勉さんです。

一九九四年から共同住居の住人となった下野さんは、会社の創生期を支えただいじなメンバーのひとりです。彼の仕事は、地元のスーパーやホームセンターから委託を受けての配達業務でした。運ぶ品物の大小によってトラックとバンを乗り分け、雨の日も雪の日も関係なく、お正月も二日から毎年、仕事がありました。お中元やお歳暮時期はふだんの何倍もの配達件数があります。それを彼は主任としてがんばったのです。しかし、がんばったときの常として、彼はしばしば体調を崩してしまい、一週間あるいは一か月と仕事を離脱することが何度かありました。そんな彼がみずからの貴重な体験のなかから見つけたキーワードが〈安心してサボれる会社〉でした。

〈安心してサボれる会社〉などと聞くと、なんだ、それはたんに無責任で甘えているだけじゃないかと思われるかもしれません。もっともです。だれもがそうしたいと願いつつも、ほとんどの人が仕事をサボらないのは、他人への責任を果たそうと欲するからです。意志の強さや給料のためだけに、人は我慢してつらい仕事をこなすわけではありません。

組織の仕事というのは、一日として他人とかかわらないで完結する日はありませんから、勝手に仕事を放棄したら、相手（たとえばお客様や取引先など）に多大な迷惑をかけることになります。そして、たいていの人には、その迷惑を想像する力があります。だからみんな少々つらくとも、仕事を休まないのです。

下野さんは、だれに迷惑がかかろうがかまわないから好き勝手に休める会社がよいと考えたわけではありません。むしろ逆です。彼は人一倍責任感が強いゆえに、他人を困らせないでしかも疲れたときに休むにはどうすればよいのかを、真剣に考えたのです。その結果、彼が得た答えは「まわりの人と、よい人間関係をつくっていくことがだいじだ」ということでした。

代わりに仕事をしてくれる人がいれば、それも気兼ねなく頼める仲間がいれば、体調が悪いときに無理して配達に出かける必要はありません。一方で自分のほうも、仲間の体調がすぐれないときは応援したり手伝ったりしてあげる。そうすることによって、ふだんから「仲間は信頼してよい」という人間関係を築いていくこと、これが会社（＝組織）においてはなによりも大切なことだ、下野さんは仕事を続けていくうちにそう実感しました。

それが〈安心してサボれる会社〉という理念の真意です。

〈弱さ〉を絆に自立をうながす場

●毎日がワークショップ

組織というのは放っておくと、人間関係が複雑にからみあい、利害・能力・好悪などによってグループができあがってしまいます。また、組織には対等ではない人間関係がたくさん存在するので、理不尽な出来事も多々生じます。無理難題を押しつけてくる上司や取引先に運悪く遭遇しても、関係が対等でないので無碍《むげ》にはできません。

そんな状況に陥ってしまったら、毎日がストレスでいっぱい、仕事は苦痛以外のなにものでもなくなってしまいます。会社を辞めるいちばんの理由が、賃金や待遇ではなく人間関係だといわれるのも、うなずけます。

べてるもひとつの組織であるかぎり、人間関係の問題を避けて通ることはできません。というより、人間関係につまずいた人の集まりともいえるべてるは、どこよりもこのことに敏感です。べてるがこの問題を解決するためにとっている手法は、とにかく話しあうことです。話しあいに始まり話しあいに終わる、べてるはこれ以外のことはしていないといっても過言ではないかもしれません。

話しあいで人間関係の悩みが片づくのなら、だれも苦労はしない、と多くの人は拍子抜けされるでしょう。でも、べてるが話しあいに費やす時間と労力はハンパじゃありません。〈三度の飯よりミーティング〉というのは、べてるのキャッチフレーズのひとつですが、べてるでは会社においても福祉法人においても、毎日かならず、どこかで、職場ミーティングがおこなわれています。

仕事のことであれ、人間関係のことであれ、日々起きてくる問題には話しあいがもたれて、今後どうするか知恵を絞っています。そして、その話しあいの場が有効に機能するための原則がべてるにはあります。それは、だれも命令しない、という原則です。ミーティングに出席するかしないかも、各自の自由です。会社の命令ではありませんから、出たくなければ出なくてもよいのです。

なによりべてるには、命令をする上司がいません。社長である佐々木実さん以外はだれも肩書きをもっていませんし、障害の当事者でもある佐々木さんは、人に指図をしたり命令したりすることがもっとも苦手なタイプの人ですから、べてるには、だれかに仕事を強制できる人がひとりもいないと言ってもよいのです。

それで組織が順調に機能するの？　と聞かれたら、順調にはいかないと答えざるをえません。しかし、あえて言うと、べてるは順調に物事が進むことそれじたいを望んでいない、あるいは警戒しているのだと私は思っています。前述したように、べてるのメンバーはみな、この効率化社会からの落ちこぼれです。組織が順調に機能しないのは、また効率が上がらないのはあなたのせいだ、と陰に陽に非難されて傷ついてきたような人ばかりなのです。

べてるが膨大に開いているミーティングの数を減らし、役職を設けて上意下達で物事が進む組織をめざしはじめたら、たしかに問題は減り、日々の運営はスムーズになるのでしょうが、居場所を見つけられないメンバーがたくさん生まれることでしょう。物事が順調に進むということはべてるのメンバーにとって、危機的状況なのです。

ミーティングは問題を話しあう場であると同時に、仲間とのコミュニケーションの場でもあります。というより、もしかすると後者としての役割のほうが大きいのかもしれません。ミーティング終了後に、「ああ、きょうも問題が解決しなかった」というつぶやきがかならず聞かれるのが、べてるのミーティングです。どんなテーマでもなかなか結論を見出すことができない、ほかではそうお目にかかれないほど非効率的な組織です。

しかし、毎回のミーティングに顔を出していると、今、べてるはどんな問題を抱えているのか、あるいは仲間の一人ひとりがなにに困っているのか、だれとだれがぎくしゃくした関係に陥っているのか、病状がすぐれないのはだれなのかがよくわかります。悩みや抱えている問題があれば、だれでもそれを話すことができます。そうすることによって、この会社はおれたち・私たちみんなのものなんだな、ということを再認識できるのです。

上司がいない、したがって命令する者がいない、しかし依るべき柱もありません。会社は自分たちで育てていくしかないのがべてる。そのダイナモ（発動機）の役割を果たしているのがミーティングです。べてるは長い時間をかけて、ミーティングをだれもが自由に意見を述べあえる創造的な「場」へと育て上げてきました。

しかし、このミーティングにやってくるのは、一筋縄ではいかない人たちばかりです。べてるは精神障害者の人たちの作業所、グループホーム、そして会社であるわけですが、そこではアルコール依存症、知的障害、薬物依存症、病名がはっきり定まらない人、さらに健常者（一応カルテのない人のことです）など、じつにさまざまな人が暮らし働いています。

ミーティングに来てもじっと黙り込んでなにも言わない人もいれば、突然、今、話しあわれていることとまったく無関係な話題をえんえんと話しはじめる人もいます。すぐに逆上して机をひっくり返したり、灰皿を投げ飛ばしたりするような人物も現れます。これで退院していていいの？　と思わせるほど病気真っ最中の状態のメンバーだってやってきます。しかし、それらのことを理由に「もう来るな」と言われることはけっしてありません。物が飛んだとか、つかみあいのケンカには後日かならず謝罪が求められますが、どんな怒り方も、他人を無視した独語も、いったんはその人固有の表現として承認し、そのうえでミーティングにおける共通のルールを学ぶよう、ねばり強く働きかけていきます。このねばり強さがべてるの信条です。

●すぐに手助けしないというサポートのしかた

べてるでは自分の一日の勤務時間も、基本的には自分で決めることができます。もちろん仲間として、いっしょにやろうよと誘いかけることは日常的におこなわれていますが、強要することはまずありません。だから、ミーティングにさっぱり出てこない人や、仕事をしないで一日中寝ているような人もたくさんいます。それでも、とりあえずはいいのです。だれからもなにかを言われることはありません。

べてるはなぜこんなにも、一見すると自由きわまりないのでしょうか。勝手気ままで、ありのままに生きるのがすばらしいと考えるからなのでしょうか。そうではないでしょう。私が思うには、べてるでは管理することをやめたのです。なぜなら、管理や指示は人の依存心を助長し、主体性をはばむだけだからです。

ミーティングに参加するかどうかはまったくの自由なわけですが、参加しなければ、会社への不満や要求を口にする場所はほかにありません。話すべき上司もいません。問題を解決したかったら、あくまでも自分自身が行動を起こすほかないのです。だれも命令しないけれども、面倒もだれもみてくれません。

べてるには全国からいろんな病気の人がやってきますが、浦河にたどり着いてからアパートに引きこもろうと酒を飲みつづけようと、あるいは一生懸命まわりの人の世話をやこうと、すべて自由です。しかし、食事を運んでくれる人も、心配して酒を取り上げる人も、「疲れるだろうから『いい人』をやめて休みなさい」と言う人もいません。本人の問題については本人にたっぷり悩んでもらうことにしているので、ほんとうにだれもかまいません。ですからアルコールや薬物の依存症の人たちにとって、浦河でスリップ（酒や薬に手を出すこと）するということは、文字どおり命がけのことになります。

ふつうであれば困っている人に手を貸すところ、親切にしてあげてもよいような場面でも、べてるでは簡単には助け船が出てきません。見方によってはとても冷たいところです。しかし、このむやみに手を貸さないということも、べてるは意識的におこなっているのです。

私たちの社会は、まれにみる豊かさを実現したおかげで、じつに細かなところまでも親切が行き届く社会になってしまいました。親子の関係を例にとってみると、かつてなら、子どもたちの多くは成人まえに社会に出て働きだし、一家の家計を助けたものですが、いまは三十歳を過ぎても親が面倒をみてくれるケースがめずらしくありません。おかげで、私たちの社会は自立しない成人を大量に生みだす社会になってしまいました。これは、自立しない子どもの問題と考えるよりも、自立するきっかけを奪いつづけてきた大人の問題ととらえるほうが適切かと思います。そのような真綿でくるむような親切を「足し算」とするならば、べてるでは配慮しないことの不親切を「引き算」と呼び、「引き算」を意識することによって、それぞれが自立の道を歩きはじめると考えています。

べてるへやってきてずいぶんと月日が経つのに、静かで、あまり人とも交わらず、存在が目立たなかったメンバーが、ある日を境に積極的に行動を起こしはじめる、というようなことがしばしば起こります。それはきっと、ここではだれも自分の面倒をみてくれないということを理解したか、あるいは逆に、自分の人生に余計な口出しをしたり管理しようとしたりする者はいないのだということを、はっきりと理解したときから始まるのです。そしてべてるという「場」の応援と力を借りて、自分自身で自立への一歩を歩きはじめるのです。

その記念すべきファースト・ステップは、コンビニにひとりで買い物に出かけたり、週に一日（それも三十分とか一時間）働きはじめたり、毎日図書館に立ち寄ることを覚えたりすることなど、じつに微笑ましいささやかな出来事です。しかし、当人のこころのなかはどうでしょうか。不安と誇りが入り交じりつつも、「生きている」という充足感でいっぱいだろうと私には思われます。このようにして、メンバーが自立への一歩を歩みだすまでの準備期間を、べてるではユーモラスに「三年熟成期間」などと呼んでいます。もちろん人によって、それが二年であったり五年であったりするわけですが、そのときが訪れるまで、気長にメンバーの成長を見守っています。

私は、現在の日本社会のさまざまな問題やゆがみを考えるうえで、自立して「依存的生き方をやめよう」というべてるの提言は、きわめて重要な指摘だと考えています。

私たちはありとあらゆるものに依存します。なにも依存症の病気の人だけが依存的なわけではありません。社会的な名声、より豊かな収入、自分自身や子どもの成功、見栄えのよい職業や学歴など、私たちが依存したくなるものは挙げれば枚挙にいとまがないほどです。しかもそのいずれもが、じつは持っていなくても本来生きていくのになんの支障もないものばかりなのです。私たちはこうした人生の付加価値みたいなものを、さながらいちばんだいじなもののように錯覚して人生を複雑にしてしまいます。

べてるの〈依存的生き方から自立した生き方へ〉というメッセージは、付加価値の人生から本質価値の人生へと、私たちに生き方の転換をうながしているようにも思われます。

●弱さは価値、トラブルは恩寵

このように書いてくると、べてるではいかにもすべてが順調に進んでいるような誤解を与えかねませんが、当然ながらべてるはいつも問題だらけです。どこの会社や組織とも同じような問題があり、さらにべてる特有の問題（仕事をする人が勝手に休む、計算ができない、酒を飲んでしまった！　などなどです）もあります。べてるのだいじな理念をおびやかすような問題だって、日々発生します。が、私たちが注目すべきは、問題を扱うときの彼らの「態度」とでも呼ぶべきものです。

彼らはそうした問題を、つねに、自分たちに与えられた重要なメッセージでもあるかのように大切に扱うのです。もぐら叩きのように問題をなくすことにやっきになるのではなく、あくまで問題を利用しようとします。一個の点としての問題をピンセットでつまみ上げて、「あなたが悪い」というような犯人捜しをすることは、けっしてしません。

そのスタイルの徹底ぶりはみごとなもので、きわめて意志的に実践されます。彼らは犯人を一人ひとり捜し当てるよりも、いくつもの問題をべてるという組織全体のなかに配置させ、それぞれの関係をとらえなおすことによって解決しようとしているのです。

ミーティングで自分以外の人の考えを聞いているうちに問題解決の糸口をつかんだり、あるいは、自分だけがある問題を気にしていることや、自分にだけある種の問題が起きることに気づき、自分自身のなかに問題解決の答えがあることを理解したりする場合もあります。べてるの問題解決というのは言ってみれば、「いつのまにか解決していた」「問題が知らないうちに消えていた」というスタイルなのです。

彼らはなぜ犯人捜しをしないのでしょうか。みんな優しい人たちだからでしょうか。それとも、みんな無責任だからでしょうか。そのどちらでもないでしょう。犯人捜しは得るものに比して失ってしまうものがあまりにも大きいことを、彼らは直感的によく知っているからだと思います。

失ってしまうもの。それは仲間と長い時間をかけて築きあげてきた、べてるという「場」そのものです。強さや正しさを振りかざし、失敗を糾弾しはじめたとたん、仲間を失い、場は消失してしまいます。彼らは仲間を失っても孤高に生きていけるほど強くはありません。弱いからこそ、べてるにやってきたのです。

べてるに集う人たちは、十代の若者から八十過ぎのお年寄りまで年齢層は幅広いですが、だれもが固有の〈弱さ〉を抱えています。身体が不自由である、仕事に集中できない、計算が苦手だ、他人が怖い、お金がない、家族から疎《うと》まれている、字が書けない、酒や薬に溺れてしまう、などなど数えあげたらきりがありません。これらの〈弱さ〉がみんなをつないでいます。それぞれの〈弱さ〉を互いが認めあい、弱いもの同士が助けあっていけるべてるという場を大切にすることで、集団が成り立っているのです。

これはけっして、成長や変化を否定したり過小評価したりしているわけではありません。字が書けない人が少しでも覚えたらそれは拍手喝采の出来事だし、アルコール依存症の人が酒をやめて十年も経てば、そっと敬意を表します。成長への努力は十二分に評価されます。べてるでは、〈弱さ〉は克服すべき悪しき問題だというふうに単純に否定的に考えることを牽制するのです。〈弱さ〉はべてるにおいてひとつの積極的な価値です。逆説やレトリックなどではありません。ほんとうの〈弱さ〉があったからこそ、べてるは誕生したのです。

べてるの実践と理念は、今後ますます注目されることでしょう。これまでの中央偏重、右肩上がりの成長志向、学力重視、優勝劣敗の社会観にもっとも痛烈なアンチテーゼを（結果として）突きつけているのがべてるです。しかし、そこに暮らし働く当のメンバーたちはそんなことにおかまいなく、〈弱さ〉を絆とすることによってささやかな、しかし実り豊かな人生をこれからも送りつづけることでしょう。

1章

まちづくりから地域が変わる、学校が変わる

大潟町・松林再生物語

●まちづくりは、「まちを知る」ことから始まる

「卯《う》の花の匂う垣根に　ほととぎす　早も来鳴きて　しのび音もらす　夏は来《き》ぬ」

新潟県南西部に位置する大潟町は、小学唱歌「夏は来ぬ」の作曲者・小山作之助の出身地です。上越市の北側に位置する人口一万一千人のこの町は、美しい海岸線とゆたかな緑に恵まれた、まさにこの歌にうたわれたとおりの風光明媚なところです。

一九九四年、私はこの町のまちづくり事業を手伝ってもらえないかとの相談を受けました。行政主導のもとに〈まちづくり委員会〉を組織してスタートはしたものの、なにからどう手をつけたらよいものかわからず、思うように進まないということで、新潟県の地域づくりアドバイザーをしている私に声がかかったのです。

大潟町のまちづくり委員会は、四十代から五十代へかけての年齢層が中心で、農家の方、主婦、退職された年輩の人、行政の担当者など三十名ほどのメンバーで構成されていました。私はまず、手はじめに大潟町を知ることから始めましょうと提案しました。もう何十年も暮らしてきて、自分のまちのことはすみずみまで知りつくしていると思っているような人でも、あらためてまちを見直してみると、びっくりするような気づきや再発見があるものです。

まちづくりは「まちを知る」ことから始まるということを私は、長年この仕事を続けてきて経験的に学びました。自分を知らなければ自分を生かせないように、まちを知らなければまちを生かせないのです。

「おもしろそうだね」という人と「なにをいまさら」という人が半々のスタートでしたが、大潟町のまちづくり委員会の人たちは、まずはすんなりと私の提案を受け入れてくれて、メンバーによるふるさと探訪が始まったのです。

ワークショップでのまち歩きは、グループに分かれて、数人の仲間とともに自分の興味がある場所に出かけるのが一般的なスタイルです。ひとりではなく仲間とともに行動する、というのはまち歩きの重要なポイントです。そうすることで「気づき」や「発見」を共通の体験としてこころにとどめることができるからです。「気づき」は、うれしいことや楽しいことばかりとはかぎりません。ゴミがたくさん落ちていたとか、かつてあったはずの自然が失われていたことに気づいてしまった、という失望の場合もあります。そんな場合でも、その残念な気持ちを仲間とわかちあえたことは、今後にたいへん役立ちます。

まちづくりワークショップでまち歩きをすると、心地よい疲労とともに、だれもが目を輝かせて集合場所へ帰ってくるのですが、自分の発見をはやくだれかに伝えたいという思いを全身から発散させていて、報告会はいつでもおおいに盛りあがるものです。

大潟町の場合、たんに一日のまち歩きをしただけではなく、一年をかけて「まちを知る」プログラムを展開しました。現地へ出かけるのはもちろんのこと、図書館に行ってまちの歴史を調べたり、昔のことをよく知っている人を訪ねて話を聞いたりして、知っているはずの自分の住むまちの再発見に取り組んだのでした。

「まちのことなんか、なんでも知っていると思っとったのに、なんも知らんかったなあ」

「このまちには自慢できそうなもんなどナンもないと思っていたのに、いっぱいあってビックリした」

「よそのまちばかりよう見えたけど、ここにも宝モンがいっぱいあるってわかったよ」

ワークショップの後半には、口ぐちにみなさんがそんな感想を語ってくれました。今までなんの変哲もないと思っていた風景や、気にもとめていなかった場所に、自分たちが知らなかった、あるいはすでに忘れ去られてしまった歴史や貴重なものがあると気づいた瞬間から、まちの風景はその人のなかで一変します。一年後には、みんなで調べた内容をまとめて一冊の小冊子を完成させるところまでたどりつきました。

ひとくちに「まちづくりをする」と言っても、その思いが漠然としていて、はたして実際にどう取り組めばよいのかわからない、ということがしばしばあります。しかし、自分のまちをよくしたい、自分の住んでいるところのよさを多くの人に知ってもらいたい、という願いはどこの地域の人にも共通したものです。こういうとき、まち歩きをする、まず自分のまちを見直すことから始めるのはたいへん有効な手法なのです。

自分たちのまちをよく知ることは、今後どんなまちづくりをめざしたらよいのか考えるうえで、だいじなヒントになります。また、まちをより深く知ることにより、今まで以上に自分のまちに愛情をもてるようになります。自分とまちとのつながりや、歴史とのつながりが実感されるのです。これは言ってみれば、まちづくりのエネルギーがその人に充填されるようなものなのでしょう。

●知らなかった地元の歴史と風土

まちを歩いてみて、「まちのことをよく知っていないことを再認識した」「このまちには隠れた宝物がたくさんあることを発見した」という、このふたつの気づきに出会っただけでもたいへんな成果なのですが、大潟町の人たちはさらにもうひとつ大切なことに思いいたりました。それは「このまちをつくってきた先人たちの営みや努力があって今があるのに、そのことを私たちはいつのまにか忘れていた」ということでした。この三つめの気づきは、まちづくり委員会のメンバーにとって、たいへんに大きな発見でした。

大潟町には、新堀川という排水路があります。この地の先人たちが、二百五十年まえに苦労して造った堀川です。この地域は「大潟」と呼ばれているように、かつては保倉川が氾濫するたびに、排水が悪いため水があふれ、田畑が壊滅的な被害にあっていました。そのたびに、農家の人たちは筆舌に尽くせぬほどの辛酸をなめてきたのです。しかし、ひじょうな苦労の末に人工の排水路を造り、あふれた水を逃がす仕組みを完成させたことで、大潟町は水の被害から免れることができるようになったのです。そのおかげで、大潟町のあちらこちらには今も豊かな水田地帯が広がっています。

また、大潟町の海岸線には美しい松林が続いています。この松も最初から豊富に自生していたわけではなく、やはり江戸時代の先人たちが植えたおかげでこれほどの松林となったのだということが、わかってきました。松林は長い年月、潮風と砂から人と田畑を守ってきました。落ちた松葉は、かまどや風呂などの焚き物として日々の暮らしに欠かせない、貴重な生活資源でした。そんな松葉が見向きもされなくなったのは一九七〇年を過ぎてからで、それまではだいじな燃料源として重宝されていたのです。

以上のようなたくさんの成果を「まちを知る」取り組みから得た結果、まちづくり委員会のメンバーたちは、一年後にはまちに対する見方が大きく変わってしまいました。地域観が変わったのです。

このまちは、広さ十六平方キロ、人口一万一千人という味気ない数字だけで表すことはとうていできない。あちこちに宝物が眠り、それらには多数の先人のエピソードが刻まれている……。まち歩きをすると、かつてはなにもないと思いこんでいた土地のいたるところに、今まで気づかずにいたのがふしぎなくらい「宝物」や「物語」を見つけてしまうのです。

ちょうどそれは、野鳥を愛する人には、森が豊かな生命の営みの空間だとはっきり見てとれることに似ているかもしれません。野鳥を愛する人とそうでない人では、森との関係がおのずから異なるので見え方が違います。まちにも同じことが言えるでしょう。大潟町まちづくり委員会の人たちも、自分たち一人ひとりとまちとの関係が変わったことで、見える風景が変わったのです。

そういう意味では一年がかりの「まちを知る」取り組みは、人びととまちとの関係を紡ぎなおすプロセスだったとも言えるでしょう。

●松の根元に幻のキノコが……

「松林をきれいにしよう」

だれからともなく、そんな声があがりました。先人が植え育ててきた松林は、このまちのいちばんの財産だった。かつては白砂青松という言葉どおりのほんとうに美しい海岸が私たちの自慢だったのに、今はもう見る影もないではないか。松食い虫の被害も深刻だ。このまま手をこまねいて眺めていないで、みんなでもとの緑の絨毯を敷きつめたような松林を再生しようじゃないか。まず、そこからまちづくりを始めてみよう……。

自然とそんな声が起き、松林の掃除に取り組むことになったのです。一年間まちづくりを考え、まちの魅力を再発見してきた体験が、具体的な実践へと実を結んだ最初の出来事でした。掃除をするというのは、いかにも地味なボランティア作業です。しかし、一人ひとりが自発的に、自分の思いで始めた作業です。内心にどんな充実があるかは、本人以外の人にはなかなかわかるものではありません。

最初は数人のボランティアでしたが、しだいに参加する仲間が増えていきました。町の広報なども取りあげてくれ、興味をもつ人たちも徐々に現れました。そして掃除を始めて二年目の春、ひとつの事件が起きたのです。

「松露《しょうろ》だ」

まちづくり委員会のメンバーで、松林の掃除を続けていた柳沢秀夫さんが、思わず声を上げました。松の根元に松露を発見したのです。

松露というのは、春と秋の年二回、黒松林に生える球形のキノコなのですが、美味で、昔の人たちは自然のだいじな恵みとして味わい、季節の楽しみとしてきたものです。しかし、健全な黒松の林にしか生えない松露は、いつのまにかその姿を消してしまい、めったに見つけることのできない幻のキノコとなっていました。

柳沢さんをはじめとする年配の人たちは、三十年ぶりに見たと口ぐちに驚きをあらわにしました。そして、このたったひとつのキノコは、みんなを勇気づけました。半年後の秋、松露はもっとたくさん見つかりました。あきらかに、松林をきれいに掃除したことと因果関係があると思われました。松林には、ハツタケなどほかのキノコも姿を見せはじめたのです。

松林掃除から生まれた思いがけない成果は、まちづくり委員会のメンバーたちを元気づけ、活動に弾みをつけました。町のあと押しもあり、「松葉さらげと焼きいも大会」と銘うった大々的な松林掃除を開催するようになります。みんなで松葉をさらい、林をきれいにし、その集めた松葉でサツマイモを焼き、おにぎりを食べ、鍋を囲みます。今では毎年百人近い参加者が集まる、地域のだいじな行事にまで成長しました。

集めた松葉の有効利用にも取り組むようになりました。松葉は、昔は焚き物として日常のなかで活用されていましたが、今では燃料資源としての用途はまったくありません。ですから、集めた松葉をどうやって処理するかは、大きな課題であったのです。しかし、松葉を堆肥化しているところが埼玉県のほうにあるという情報をつかむやいなや、まちづくり委員会の有志たちはすぐに行動を起こし、自費で視察に出かけました。そこでさまざまな知識と情報を得た結果、農家の人たちと協力して、松葉から堆肥をつくることを実現させてしまいました。

この松林掃除をきっかけにして、大潟町の人たちは、多様な地域活動を始めるようになります。まわりの自然が元気になると、人間も元気になるようです。

お祭りなど地域の行事のときに活躍する〈ごみ拾い隊〉というボランティア・グループができます。あるいは大潟のゆかりの花である卯の花をふやしていきたいと願う〈卯の花の会〉が女性を中心に発足します。ほかにも郷土料理の再現に取り組む人や、まちにある湖沼の価値を見直そうと動きだす人など、地域の自然や文化を守り育てようという人たちがつぎつぎと現れて、勝手に活動を始めるようになりました。

そして、そのようなボランティア・グループの発生を下地として、数年後には、ワークショップの全国大会を開催することになったのです。

●ワークショップ全国大会の誘致へ

「わくわくワークショップ全国交流会」というのは、さまざまな分野でワークショップを実践している人たちが、自分たちの経験と知識をもちよってたがいに学びあい、交流を深めることを目的として始まった大会で、ほぼ二年に一度、開かれています。第一回が高知県の香北町という風光明媚なまちで開催され、第二回は福岡県の北九州市でした。どちらも五〜六百人の参加者がありました。いわばこの大会は、まちづくりの強者《つわもの》どもが全国から集まる大イベントなのです。

第三回大会の開催地は、前回大会に参加者が多かった新潟県にしようということは、早くから決まっていました。しかし、新潟県のどこのまちを会場にするかは未定で、これが難問でした。なぜなら、新潟県内にはワークショップの技法をまちづくりの運営に取り入れているところはすでに数多くあり、福岡大会にも各地から参加していたので、「オラがまちで!」とか、少なくとも「私のまちの近くで!」と希望する人がたくさんいたからなのです。

当然、大潟町の人たちも開催地に立候補しました。困ったワークショップ準備委員会の人たちは、一計を練りました。「それならいっそのこと、公開審査で決めましょう。検討会を開催しますので、みなさん、自分のまちを精一杯アピールしてください」。

検討会当日には、それぞれの地区から説得力のあるプレゼンテーションがなされました。しかし、そのなかでも、大潟町の人たちのプレゼンテーションがひときわ準備委員会の人たちの気持ちをつかみました。大潟町の人たちは、会場誘致のプレゼンテーションを寸劇仕立てでおこない、その熱演が会場から拍手喝采を浴びたのです。「プレゼンテーションにかけた時間と熱意が他の候補地を圧倒していた」という理由で、みごと大潟町が全国交流会のメイン会場に選ばれました。いかにもまちづくり初心者（？）らしい情熱が伝わった結果でした。

一九九九年五月、第三回わくわくワークショップ全国交流会が開かれました。三日間にわたり、参加者はワークショップの技法を使って、地域、食、ボランティア、農、コミュニケーション、環境、場、パートナーシップなどじつに多様なテーマについて学び、交流を深めました。もちろん、ワークショップという言葉を初めて聞くという大潟町の住民たちも参加・協力してのことです。参加者は八百人を数えました。

五年まえ、「自分のまちを知る」ことからスタートした大潟町のまちづくり委員会は、いつのまにか全国にたくさんの仲間をもつところまで活動と交流の幅をひろげていたのでした。

大潟町の人たちが目覚ましく活性化していくプロセスをつぶさに見ながら、私は感じたことがあります。それは、大潟の人たちはなにかを成しとげるためにがんばったというよりも、関係の結びなおしをしただけではないのか、ということです。歩くことでまちを再発見すること、忘れていた歴史をふり返り先人の功績に感謝すること、身近な自然や環境の大切さを知り、自分にできることから始めようと思うようになったこと。これらのいずれもが個々人の内的な変化です。一人ひとりとまちとの関係が変わったためにいくつもの活動が始まったのであって、けっしてその逆ではありません。

そう考えると、私のようなまちづくりコーディネーターの役割というのは、人びとがまちと「出会いなおす」のを助けることであって、彼らになり代わっておもしろい企画を考えたり、アイディアを披露したりするのが仕事ではないのです。あたりまえのことですが、まちづくりの主役は、自分のまちをよくしたいと願う住民自身です。そして、人びとが自分とまちとの関係の結びなおしをするということは、この一見あたりまえすぎる事実に気づくということ（ときには、ハタ！　と）だと思います。

●松枯らしの犯人は、松食い虫じゃない

この大潟町のまちづくりにかかわるうちに、私はある大切なことに気づかされました。発見した、と言ってもいいかもしれません。それは松林再生の取り組みのなかで気づかされた

ことです。

前述したように、黒松林に生える幻のキノコ「松露」は、かつてはいたるところで見られました。しかし近年では、日本中のどこでも松林が荒れてしまい、松露はすっかり姿を消してしまいました。松が枯れていく原因は、第一に松食い虫が増えたため、という見方が一般的です。そのため、どこの地域でも、かなりの費用をかけて防虫対策をおこなっているようですが、目立った成果はなかなかあがっていません。

しかし、大潟町での松露の復活は、どうやら松枯れの原因は松食い虫のせいばかりではなさそうだということを、強く私たちに示唆しています。

大潟で松露が復活したことと、松林の掃除を始めたことに相関関係がありそうなことは、私たちにはあきらかでした。松露がふえ、しだいにべつのキノコも顔を見せはじめるという事実をまえにしては、そう考えずにはおられません。ただ素人ですから、どうしてそうなのかはよくわからなかったのです。しかし、専門家にたずねたり本で調べたりするうちに、つぎのようなことがわかり、私たちの直感は間違っていなかったという確信をもつようになっていきました。

松林を掃除すると、松特有の菌の働きがよくなる、あるいは活性化されるのだそうです。「菌相がよくなるんです」と専門家の方が言われました。菌の働きが活発になるとキノコが出て、土がよくなります。土がよくなると、つぎには根の張りがよくなります。根の張りがよくなるということは、土の養分を吸収する力が強くなることを意味します。当然、松の生命力が強くたくましくなっていきます。健康で強い松は、たっぷりとした樹液にめぐまれ、松ヤニを豊富に分泌するようになります。この松ヤニが、松を松食い虫から守るのです。つまり、松の生息環境をよくすると菌の働きが活発になり、菌の働きがよくなると根が丈夫になる、根が丈夫になると松の生命力が上がる、松の生命力が上がると松ヤニをたくさん出して木を虫から守る、という好循環が始まるわけです。

このことから言えることは、このような生命の巡りを回復させないかぎり、どんなに薬を撒いて虫を退治しようとしても、松は健康にならないということです。本質的な解決にはならないのです。にもかかわらず私たちは、いつでも表面的な問題解決の方法に手を出してしまい、多くの場合、事態をよりいっそう悪くしてしまいがちです。松食い虫を一時的に退治しても、しばらくするとつぎの松食い虫が（ある場合にはもっと強くなって）現れます。ほんとうに私たちがすべきことは、松の生命力を高めることなのです。私たちが真犯人と見なしていた松食い虫は、腐るべき運命にある松のあと始末をしているだけでした。

自然というのはもっと複雑です。そして私たちが生きている社会もやはり複雑で、とくに現在は、問題がつねに複合化して発生してくるので、真犯人そのものがいない場合すらあるでしょう。このような犯人捜しは労多くして得るものが少ない、不毛に近い作業なのだということに私は気づかされたわけですが、考えてみると、私たちはいかに日々を通じてこのような犯人捜しに情熱を注いでいることでしょうか。私たちの身近には、このような犯人捜しに日々明け暮れたあげく、さしたる成果もあげられずに事態をさらに悪化させたという例に事欠きません。

大潟町の松林再生は、私に生命の循環ということをあらためて教えてくれました。自然には摂理というものがあり、私たち人間は、いつでもそこから多くを学ぶことができます。しかし、謙虚さを失ってみずからに力や能力があるかのごとく強引に問題をねじ伏せようとすると、事態をさらに悪化させてしまう。

あるときから私には、大潟町のまちづくりのプロセスそれじたいが、なにか自然の摂理にかなっていることのように思えてきました。

大潟町では、いきなり地域の活性化や見栄えのよいイベントに手を染めるのではなく、このまちをつくりあげてきた先人たち、地道に地域づくり活動をしている同時代の人たちなどへの尊敬と愛情の気持ちを再確認することから、活動をスタートしました。まちを探検したり、歴史や自然を再発見している最中には、具体的な成果はなにもあらわれてきませんでしたが、しっかりと根張りの時期をもつことができたので、まちづくりの木はたくましく育ち、枝葉を広げていったのです。

●派手なイベントより、地域とのつながりの回復を

私はこの十五年近く、全国各地でまちづくり、地域づくりのお手伝いをさせてもらってきました。北は北海道の小さなまちから、南は沖縄の離島まで、出かけていってその土地の人たちと語りあい、飲みつつ、自分たちのまちをよくしたいという思いの実現にかかわってきました。

まちづくりに集まってくる人たちは、農家の人、お店をやっている人、主婦、ヤル気のある行政マン、モノづくりなどをしている自由業者、最近ではご年配のかたがたなど、顔ぶれは多士済々です。ところが意外なことに、商店街の人たちの顔を見ることがたいへん少ないことに、あるとき気がつきました。

かつては、まちづくり（＝まちおこし）の中心と言えば、商店街や商工会の元気あふれる青年部や婦人会の人たちと相場が決まっていたものです。地方に行けば行くほど商人たちは、まちをつくっている、活性化させているのは自分たちだ、という自負と誇りに満ちていました。しかし、その人たちが、今ではまちづくりの舞台からすっかり影をひそめてしまいまし

た（もちろん、現在でもすばらしい活動をおこなっている商店街グループはたくさんありますが）。

この十年のあいだに、地方の商店街（＝小売業）は、かつてないほどの環境の変化に見舞われました。日用品、本や文具、食品、薬や雑貨、あるいは家族そろっての外食にいたるまで、大手資本の浸食は地方の隅ずみにまでおよんでいます。従来の通信販売だけでも脅威であったのに、インターネットの普及は、だれもがどこにいてもなんでも買うことができる、という消費のスタイルを築きつつあります。そして少しばかり遠目から眺めてみると、大手資本のチェーン店やダイレクト販売のほうが便利で、安く、しかも困ったことにサービスもよいということがしばしばあります。これでは地元の小さな商店からモノを買わなくなるのも、自然なことです。

もちろん、地方の商店街や小さな商店の人たちがなにもしないで手をこまねいていたわけではありません。それどころか、売り上げを維持するために必死の努力を続けてきたと言えると思います。ただ、せっかくの努力が往々にして、落ちた売り上げを伸ばすための対策に終始してしまい、なかなか成果に結びつかなかったのではないでしょうか。

客足が遠のいたから、もう一度その足を運ばせようと考えるのは、しごく当然のことです。そのために、どこのまちの商店街や商工会でも、人集めのためのイベントを企画し、昼夜を問わず汗を流して準備に取り組んできました。しかし、十年経っても変わらずに地元住民や観光客に支持され、にぎわいを保っている地域おこしイベントは、数えるほどしかありません。イベントを主催する側も、それを維持しつづけることすらたいへんで疲れてきている、というのが本音の地域もあるのではないでしょうか。それでも、集客に陰りが見えはじめたら、目先を変えてまたなにか売り上げをつくりだす方策を考えていかなければなりませんから、この苦労は結局、いつまでも続くことになります。

こんな現状に数多く出会うなかから、私は地方の商店というのは根本から「商い」を見なおす時期を逸してしまったことで、現在の苦境に陥っているのではないかと思うようになりました。

売り上げが落ちているのは、（商店街の人たちがよく言うように）駐車場がないからではありません。要因のひとつではあるでしょうが、問題の本質ではないでしょう。それは、松食い虫が松枯れの原因だと考えるのと同じことです。みずからの事業が周囲との健全な共存関係を失ったために、売る力（＝生命力）が衰えたと考えるほうが、はるかに理にかなっているのではないでしょうか。

まちづくりが「まちを知る」ことから始まり、そのことで人びとの地域観が大きく変わったように、商店の人たちも苦境にはまず「お客を知る」ことに取り組み、そして商売観を時代にふさわしいものへと広げていく必要があります。各種の不況対策の補助金や助成金に目を奪われると、そこへの依存体質ができてしまい、みずから時代のニーズをとらえて研究に精を出すことを怠るようになってしまいます。だいじなことは、激変しつつある環境のなかでつねに自分の役割を見出し、周囲と調和すること、そうすることによって、活力を与え・与えられる関係のなかにふたたび入っていくことなのではないでしょうか。

序章で紹介したべてるの家はその好例です。べてるでは、大胆にも「病気が治らなくともよい」「そのままでいい」んだと宣言して、実際に精神病の患者さんが病気を抱えたまま、自分たちで事業を始め、めざましい成果をあげています。

従来の精神医療であれば、まず病気を治すことがなにより先決でした。そのためには具合が悪くなると早期に入院し、欠かさずに薬を服用して病状を抑えることが唯一の問題解決法でした。しかしこのような問題解決法は、今となってはやはり表面的な解決にしかならないと言わざるをえません。入院することで社会から隔離され、多量の薬を服用することで精神の活動が抑えられることは、患者さんの生命力を減退させることにつながります。ここでもやはりだいじなことは、病気の症状をとり除くことばかりに精力を注ぐよりも、患者さんの人間としての生命力＝生きる喜びを創りだしていく力を回復させることのほうが、本質的な問題解決につながるということなのです。

べてるでは、自分たち一人ひとりを一匹のミミズになぞらえ、みんなでべてるという「場」をほっかほかの肥えた黒土にしているんだという表現をしています。病気という「問題」は、自分自身との関係、自分とまわりとの関係を良好にすることによってしか根本的に解決していかないと、べてるでは考えているのです。

犯人捜しは不毛であるということ、それは教育の世界においても、まったく同じことが言えると思います。というよりも、教育の世界ほど犯人捜しをやめることが急務な現場はない、と言ってもよいでしょう。なぜなら、犯人捜しを続けることは、だれの目から見ても「教育的」ではないやり方だからです。

そのことにいち早く気づき、学校という「場」の再生から教育の健全化を推し進めようという動きが始まっています。近年、新潟県内では地域の人たちによるいくつもの学校改革の試みが起きています。その実践をつぎにご紹介しましょう。

素人学校応援団、動く

●問題を共有するために教育フォーラムをやろう

一九九四年十二月、愛知県西尾市の中学生、大河内清輝くんがいじめによって自殺をしたニュースは、全国に衝撃を与えました。私もひじょうに暗い気持ちになりましたが、日々の忙しさにまぎれて、いつのまにか事件のことを忘れていました。翌年、ふたたびいじめによる自殺がありました。事件が起きたのは、私の住む新潟県内の中学校でした。この身近に起こった事件に、私は「これは他人事ではない」と思ったのです。

自分は教育の専門家でもないし、なにか影響力のある立場にいるわけでもないが、これは放っておけないみんなの問題であり社会の問題だ、もし今後、機会があれば、なんらかのかたちで教育にかかわろう、学校につながっていこう、とこころに決めました。このとき私は

「自分事」として、教育にかかわろうと思ったのです。

最初のきっかけは、やはりまちづくりの仲間からやってきました。ある会合で、新潟県安塚町の矢野学町長とお会いする機会がありました。矢野さんとは〈新潟仕掛人会議〉を結成したときからのつきあいです。当時、役場の課長だった矢野さんは、のちに安塚町長になって「雪国文化村構想」を作成したり、東京のド真ん中に雪国を出現させるイベントを成功させたりするわけですが、この雪国文化村構想の計画づくりの一端を私に委託してくれました。これが、私がまちづくりでお金をいただいた最初の仕事だったのです。

その矢野町長が、今度は不登校の子どもたちのための「自由学園」を安塚につくる構想をもっている、というのです。「安塚のような田舎の小さな町で、現在の教育の改革に役立つような、なにかができないだろうかとずっと考えていたんです」。そう矢野さんは言いました。そして、安塚の豊かな自然のなかで、不登校になった子どもたちが、学びあう場としての学校にもう一度出会えないものだろうかと願い、この構想をすすめているところでした。

「でも、なかなかむずかしいんだ」と、このとき矢野さんにしてはめずらしく弱音を吐いたのです。「むずかしいんだ、とくに教育界がむずかしい……」。この矢野さんにして弱音を吐くとは……と私は驚いたのですが、しかし同時に「これは自分が新潟の教育改革にたずさわるきっかけにできるかもしれない」と思い、自分がコーディネートするから安塚町で教育フォーラムを開かないか、ともちかけたのです。

フォーラムを開いたからといって、すぐに安塚町の「自由学園」構想が実現するわけではありませんが、各地で少しずつ動きはじめている教育改革の流れを紹介することができれば、行政や教育の専門家が抜きがたくもっている常識や既成概念（矢野さんがぶつかっていた壁もそのあたりだろうと推察しました）に少しでも風穴をあけられるかもしれないと、私は思いました。矢野さんは私の提案を快諾してくれました。

そのときのフォーラムで基調講演をしてくれたのが、当時、NHKスペシャル『小さな町の大きな教育改革』で取りあげられ、たいへんな反響を呼んでいた福島県三春町の前教育長・武藤義男さんでした。三春町のことを知ったとき、私は公教育でもここまで大胆な改革ができるのかと衝撃を受け、のちに『三春の教育改革』（一九九八年）というビデオまで製作したのですが、三春の実践をぜひ学びたいとかねてから思っていたのです。

福島県三春町。学校教育の分野でたいへん有名なこの町では、教科教室方式の導入に始まり、生徒自身による時間割編成、ガラス張りでなかが素通しの職員室（生徒の出入りは自由です）、子どもたちの自主性を尊重したチャイムの鳴らない授業など、公立中学校の常識をつぎつぎと覆すような改革に取り組んできました。その根本にあるのは「子どもたちの自立と自律を育む教育」「地域とともにある学校改革」という理念です。武藤先生は、一九八〇年から九〇年までの十年間、中学校が全国的に校内暴力の嵐に揺さぶられていた時期に三春町の教育長を務め、全国でも他に例を見ない学校改革、教育改革を成しとげた方でした。

安塚町での教育フォーラムに講師としてやってきた武藤先生は、私の予想に反して、ご自分の教員時代のエピソードを語りはじめました。戦後まもなく、最初に赴任した中学校で担任となった、アキオという学校一のワルと思われていた少年がこころを開いてくれるようになるまでの交流や、その後、校長として赴任した養護学校での最初の仕事が、校舎の壁に大書きされていた「ばかがっこう」という落書きを雑巾で消すことだったことなど、一教員としての体験を静かな声で淡々と語られたのです。

私をはじめ、多くの大人たちが、「どうやったら三春のようにうまく学校を運営できるのだろう」ということを聞きたくてそこに集まっているのです。しかし、武藤先生はそんなことを知ってか知らずか、三春の実践の話はあとまわしにして、ご自分の教育者としての原点をフォーラムに集まった人たちに語りかけたのでした。淡々と語られるそうした体験と、「教育とは生きる喜びを育てること」という武藤先生の信念にこころをうたれ、いい大人が涙をポロポロこぼして泣いていました。私も泣きました。武藤先生は最後に、「私たち教育にたずさわる者は、〈志〉だけが武器なのです」と話されました。

このときのフォーラムの会場で、武藤先生の話を聞いた人たちのなかから、そのあと動きはじめる新潟の教育改革の重要な担い手たちが輩出してくることになります。武藤先生がもし、三春での成功例ばかりを話されていたら（集まった人たちは、それが聞きたかったわけなのですが）、現在のような動きは生まれていなかったかもしれません。表面的な事象にとらわれず、こころの内奥にある目に見えない価値についてまで話してくれたからこそ、そこに参加した人が根本的につき動かされたのだと、私は思っています。矢野町長もまさにそのひとりでした。

その後、ねばり強く関係機関と交渉を続けた結果、一九九六年、ついに安塚町「やすづか自由学園」は誕生します。都会でいじめにあったり登校拒否となったりした中学生のための学びの場です。雪深い人口わずか四千人の小さなまちで、子どもたちは自然の豊かさときびしさを学びながら寮生活をすごしています。卒業して下宿しながら高校に通うOBもいて、今ではすっかり地元の人に自由学園は受け入れられ、「うちの父ちゃんはなにかというと、学園行ってくる、って年中入り浸りだよ」と言われる人がいるほど、都会からやってきた子どもたちの存在は、まちになくてはならないものに育ちつつあるようです。

なにか特別なことを始めたとは思っていない、社会で課題となっていることを、ひとつでも解決するために努力するのは、行政にとってあたりまえのことだと、矢野町長は言います。

安塚町だけにとどまらず、この教育フォーラムでまかれた種は、県内各地で芽を出し、わずか数年のうちに実を結びはじめていきました。

●PTA主体、型破りな学校改革に取り組む

まず、十日町小学校から、「校舎の改築プランづくりを、PTAが主体となってやりたいので手伝ってもらえるだろうか」と声がかかりました。私はさっそく十日町に出かけ、ワークショップを開き、そこで「なんのために学校改築をしたいのかを、まず話しあいましょう」と問いかけました。

ワークショップで意見を出しあっていくうちに、たんなる校舎改築でなく、これを機にPTA改革、学校改革をしたいんだということが見えてきました。そこで、では、どんな学校改革をしたいのか、ということをテーマに何度もワークショップを開き、議論を深めていきました。PTAの有志で三春に視察に行き、武藤先生にも再会しました。地域に開かれた学校の姿を実際に見て、十日町の人たちは深い感銘を受けると同時に、「これは自分たちにもできる」と確信をもったようでした。そして、このような地域に開かれた、子どもたちの自主性を尊重した学校づくりをやりたい！　という気持ちが固まっていったのです。その夜の旅先での交流会の盛りあがりは、私にも忘れがたい思い出として記憶に残っています。

その後、どんな学校をつくりたいか、どんな校舎だったらいいと思うか、というデータを集めるため、コメントを大人だけではなく、子どもたちにも書いてもらいました。すると、特殊学級の子どもたちについて触れた意見が、意外なほどたくさん出てきたのです。なかには「特殊学級の生徒のためにエレベーターをつくってほしい」というものもありました。

子どもたちからのコメントを読んでいる席上で、「この学校の子どもたちはやさしいよ」という言葉がPTAのひとりからあがりました。発言された方は、特殊学級に通う子どものおかあさんのように見受けられました。

その発言をきっかけに会議をすすめていくと、それは特殊学級の子どもたちがここにいて、いつも交流があるからではないのか、それによってむしろ十日町小学校の子どもたちが育てられているのではないか、という結論になっていったのです。

十日町小学校のPTAたちは、ここからが大胆でした。というのは、中学生になると特殊学級の子どもたちは地域の養護学校に通わなければならないのですが、それは十日町からかなり離れたところにあり、父母にとって毎日の送り迎えは大きな負担となっていました。それならいっそのこと、新しい校舎のなかに養護学校をつくってしまおう、と十日町小学校PTAの人たちは考えたのです。なにより、それは十日町小学校にとってよいことだ、そう考えたのでした。

二〇〇二年四月、その思いは実を結びます。十日町小学校のなかに養護学校が開校したのです。全国的に見ても数少ない先進的な試みとして、たいへん注目を集めているところです。「県は長年、あらたな養護学校はつくらないと言っていました。しかし私たちは今回の取り組みのように〈対立〉の構図ではなく〈協調〉の姿勢でのぞめば、夢というのは実現するものだなと実感しています。目的と思いの共有を前提とすることで、今回のことは成功したと思っています」。越村健市・元十日町小学校PTA会長はそう述べています。

●●素人だからできた地域をいかす学校づくり

つぎに私が紹介したいのは、聖籠《せいろう》町の聖籠中学校の取り組みです。この学校には〈みらいのたね〉という全国にも例を見ない、学校と地域をつなぐ組織があります。〈みらいのたね〉は、PTAの枠を超えた地域の人たちによる学校応援団です。ここでのユニークな学校改革にも私は参加することができました。

聖籠町は新潟市の北側に位置する人口一万四千人ほどの小さな町で、もともとは聖籠と亀《かめ》代《しろ》というふたつの村でした。それが昭和三十年の町村合併促進法によりひとつの町になったのです。聖籠はかつて学校がひどく荒れたことがあり、青少年の補導率が他町村にくらべて高かったという時代があります。そんななか、一九九四年に聖籠町の教育長となったのが、現在の手島勇平教育長です。手島さんは長く公民館に勤めるなど社会教育畑の出身で、学校教育に関しては素人ともいえる人でした。専門家でないことのメリットについては、のちほどあらためて触れたいと思いますが、手島さんは、学校教育の専門家でなかった利点を存分に発揮することによって、つぎつぎと新しい試みに取り組んできました。

まず手島さんが着手しなければならなかったのは、やはり新校舎の建築、それも統合中学校の建設でした。もともと二つの村がいっしょになってできた町ですから、中学校も二つありました。これを統合して新校舎を建てることは、首長の公約でもありました。

この新校舎建設のために設置された「統合中学校建設推進委員会」（町長の諮問機関）の委員を人選するさい、手島さんは二十名のうち十七名を一般町民のなかから選んだのです。専門家はたったの三名です。こういう諮問機関というのは、学識経験者や教育関係者が、それこそ「教育的見地」から案をつくっていくのがふつうなわけですから、手島さんのやり方に対しては、あんな素人集団でほんとうに学校ができるのか、といったいやみも聞かれました。

しかし、「素人であるがゆえに、ほんとうにだいじな根の部分、子どもにとって学校とはどうあるべきなのか、というところから議論を始められる」と手島さんは考えたのです。

委員会はまさに学習の連続でした。最初は「私のような者が学校を考えるなんておこがましい」と尻込みしていた人もいます。しかし、学習会を何回も積みかさねるうちに、臆していた人たちの気持ちも変化していきます。しまいには、自分たちでまとめた答申を、素人集団が堂々と人前でプレゼンテーションするまでになります。自信のなかった大人たちが「学び」をかさねることで、自分たちの思いや考えを他人に伝えるようになっていったわけです。つまり、中学校の未来について「自分事」として考えなければならなくなったことで、大人が変わったのです。手島さんのねらいは、そこにありました。

学校が荒れている、子どもの非行が深刻だというまえに、われわれ大人には、まずみずからすべきことがあるのではないか。自分の能力や時間をほかの人のために役立てて、周囲との関係を望ましい方向にもっていくような生き方を、まず自分たち大人が始めてみるべきだ……。そんなことを考えていたのではないでしょうか。

推進委員会の人たちは、一年間で約三十回の会議を開き、どんな新校舎がこの地域にふさわしいのか、またそこでどんな内容の教育を自分たちは学校に望むのか、ということを徹底的に話しあいました。その成果をふまえたうえで、二〇〇二年三月、聖篭中学校新校舎が完成したのです。

プロムナードを歩いていくと、すぐ左手にスロープつきの玄関があり、なかに入ると陽当たりのよい空間が広がっています。左手には地域の人たちが自由に使える部屋があり、そこはいわば地域の「溜まり場」となっています。部屋の正面は広いカフェテリアとなっていて、生徒の食堂ともゆるやかにつながっているので、気軽に声をかけ、話ができます。ここを地域交流スペースと呼んでいます。目のまえには田んぼや畑が広がっています。聖籠は農村地帯ですから、高齢者の方に知識を伝授してもらいながら、生徒と農作業をする計画です。

その奥には森があります。現在、新潟県内のいくつもの学校が、学校敷地内に森や水辺をつくることで教室から飛びだした学習、教科書から離れた学習機会を子どもが毎日得られるように工夫していて、めざましい成果をあげています。今現在、国が音頭をとり始めた総合学習を、これらの学校ではずっと以前から実践していたようなものです。

「森のある学校づくり」について、ここで少し説明しておきましょう。

学校の校庭のなかに森をつくることを最初に提唱され実践したのは、山之内義一郎先生です。山之内先生が校長として初めて赴任したのは、山古志村の虫亀小学校という、いわゆる僻地《へきち》校でした。そこでの貴重な経験から、教育の中心となるのは、その地域社会に根づいている文化や産業や自然などを、直接に体験するような総合的なものであるべきだとの確信をもつようになりました。それまでは、教科を教えることが教育だとなんの疑問もなく思っていたものが、「今の学校教育には各教科という個々バラバラのものがあるだけで、その中心となるものがなにもなかったのじゃないかと気づいた」のでした。

虫亀小にいるあいだに、山之内先生は現場の教師たちといっしょになって「全人的な体験ができる授業」に取り組みました。農作物づくり、かつて地域の産業だった蚕の飼育体験、草木染め、また国語の授業で地域の昔話を採用するなど、どれも村の人びとの力を借りなければできないことばかりだったので、必然的に学校と地域の密接なつながりが復活しました。

その後、山之内先生は都市部の小学校に赴任するのですが、全人的な学習体験ができる「場」としての森の活用を提言して、校庭内に地域の潜在植生を活かした人工の森をつくったのでした。山之内先生は学校に森をつくることの意義をこう述べています。

「今の教育は、あらゆることを〈対象化〉することしか教えない。子どもには〈一体化〉の経験こそが必要なんです」。この山之内先生の考えに賛同して、長岡市立川崎小学校（最初に学校の森づくりをしたところです）や十日町南中学校、小出町立伊米ヶ崎小学校などが、校庭での森づくりをすでに実践しています。聖籠中学校の森も、このような生きた学びの場としてこれから活用されていくことでしょう。

●市民の学校応援団〈みらいのたね〉

聖籠中では、教科教室方式をとり入れています。教員室や校長室も、廊下から室内がよく見え、生徒の出入りは自由です。先進地・三春の岩江中学校を建設推進委員会で視察に行った成果です。三春の視察ではさまざまな驚きがありました、と手島教育長は述べています。

視察に行った推進委員の人たちが「ここの生徒さんはみんな挨拶がいいですね。なにか特別な指導をされているのですか」とたずねると、案内してくれていた井田勝興校長からこう答えが返ってきました。「いいえ、とくに指導はしていません。だって、挨拶というのは気持ちのいいことでしょう」。さらに「生徒管理はどうしていますか」と委員の一人がたずねました。岩江中学校は、校舎の二階を「ホームベース」と称して生徒だけの空間としています。ここには教員がふだんは足を踏み入れないことになっていて、それは教師から生徒への「きみたちを信頼している」という無言のメッセージなのです。

井田校長はこう答えました。「私たちの学校では、管理という言葉は使いません」。

このような「他」との出会い、自分たちの発想や常識を超えているものとの出会いから、推進委員会の人たちはじつに多くのことを学び、自分たちの中学の新校舎づくりに反映させていきました。

聖籠町の推進委員たちが、こんなふうに謙虚かつオープンな態度で答申づくりに向かうことができたのは、やはり教育の専門外の人間の集まりだったことが、とても大きな要素だったと私は思います。専門家ならすぐに危惧してしまうようなマイナス要因にとらわれないですんだのです。アニメ映画製作者の宮崎駿さんは「専門家には専門家の業がある。エゴイズムが。経済の専門家が経済を、農業の専門家が農業を滅ぼす」とじつに大胆な（しかし的確な）ことを言っています。そして、プロデューサーの必要性を説いています。

教育の素人ばかりが集まった聖籠町の建設推進委員たちは、言ってみれば自分たちのまちの新しい中学校をプロデュースしたのです。宮崎さんは「プロデューサーは作品を社会のなかにどう位置づけるかということを忘れてはいけない」とも言っているのですが、聖籠町の推進委員の人たちは、まさに中学校を地域のなかにどう位置づけるかということを真剣に考えたのだと私は思うのです。

聖籠中学校のさらにすごいところは、そんな教育の素人たちの力を、推進委員会解散後も日常的に学校運営にとり入れる仕組みをつくってしまったところです。

前述したように、聖籠中学には〈みらいのたね〉という地域の人たちがつくる学校応援団のような組織があります。〈みらいのたね〉がＰＴＡと違うのは、すでに子どもが中学を卒業した人も、あるいは子どもをもたない大人でも、だれでも参加できる組織である点です。先に紹介した地域交流スペースを活用した、まちの人と生徒の交流もおこなわれていますし、学校の行事運営の会議などにも参加しています。

〈みらいのたね〉は、「地域に開かれた学校を」という学校理念を、じゃあ実際にどうすれば開かれた学校と呼ぶことができるんだ、とみんなが素朴に考えて出した結論でした。やはりこれも既成概念にとらわれない素人集団だったからこそ、あっさりと実行できたことと言えるでしょう。

さらにつけ加えると、かつて学校は小さなまちにおいて、その地域の文化的拠点でした。そのような地域の財産として学校を役立てたい、学校を活用してもらいたいという、手島教育長の信念が素人集団の思いを支えていました。手島さんはこんなことを述べています。「学校が週五日制になると、夏休み・冬休みを入れて年間百六十五日、休みになるわけですね。一年の四五パーセントです。町のお金を使った施設がそれだけ休みになるということ自体がもったいない。できるだけ地域のかたがたに有効に使っていただきたいと思っているのです」。

このような発想ができるのは手島さんの個性・人柄ということもありますが、やはり手島さん自身が学校教育の素人だったことが大きかったのでしょう。手島さんは教育長になってすぐのとき、校長会で「示達《じたつ》」というほとんど死語のような上意下達の言葉が使われていることにたいへん驚いたと述べていますが、これも専門家集団の外側にいたからこそ自然にもてた違和感なのだと思います。

そんな手島さんも、一九九四年に安塚町の教育フォーラムで武藤義男・元三春町教育長の講演を聴いたひとりです。そのとき手島さんは学校教育にたずさわったばかりで、いっしょに講演を聴きに安塚まで出かけたのは自動車修理工場を経営されている友人です。そしてその、講演を聞いてポロポロと涙を流した友人の高松進さんが、現在の聖籠中学校PTA会長です。高松さんは、やがて子どもが卒業しPTA会長の任を終えられたとしても、〈みらいのたね〉の会員として学校を応援しつづけることでしょう。そのような仕組みを、教育の素人が集まってプロデュースしたのが、聖籠中学校なのです。

素人というのは、当然ながら最初はなにもわかりませんから、まずは学ぶしかありません。そして、専門家が知らず知らずのうちにもってしまう、それぞれの領域における壁やタブーを意識しませんから、どこにでも入っていけます。そのことによって、人とつながりはじめるのです。もちろん素人ですから、予想もしなかった困難に突きあたることもありますが、逆に思わぬ方角から応援や協力者が現れたりもします。そこに豊かな「場」ができはじめるのです。

思いと目的を共有する「場」が生まれると、いつのまにか創造性が出てきます。「場」が「場」としての自己表現を始めるのです。そうなってくると、おもしろいことに各人の役割や分担も自然と決まっていきます。さらにふしぎなことには、そうやって「場」が活性化されていくと、個別の欠点や問題は自然と解消の方向に向かうか、少なくとも気にならなくなっていくのです。それは、「場」というものが、人と人との信頼関係のうえに成り立つものだからだと思います。

十日町市立十日町小学校と聖籠町立聖籠中学校という新潟県内のふたつの公立学校の改革の実践を紹介してきましたが、この二校以外にも新しい試みをはじめている学校（公立校にかぎらず）は数多くあります。学校をとり巻く状況には現在も問題や矛盾が山積していて、とかく否定的・批判的な見地で語られることが多いですが、画一的・管理型一辺倒の教育システムからの脱却をめざす動きは、確実に広まりつつあります。子どもの自発性・自律性を大切にする教育への流れをせきとめることは不可能でしょう。

新潟県内においても、注目すべき教育改革の実践がおこなわれているのは、紹介した二校にとどまりません。幾多の実践報告があります。これらのすばらしい活動を多くの人たちに知ってもらいたいと思って、私は仲間とともにビデオ製作にとりかかりました。題して、〈子どもの夢が育つ学校づくりプロジェクト〉です。

旗揚げから足かけ三年、資金集めと人集め、撮影から編集にいたるまでの作業をすべて終え、二〇〇二年四月、ようやく完成の日の目を見ました。学校関係者でもなく教育の専門家でもなく、ましてや映画づくりの専門家でもない私たちが、いかにして教育を考えるビデオをプロデュースしていったのかを、次章でご紹介していきたいと思います。

2章

〈ただの人〉が社会を変えていく

新潟発『夢のある学校づくり』

●ユニークな教育実践をビデオにしよう

それは、ひとりのつぶやきから始まりました。

「なにか私たちにできること、ないでしょうかねぇ」

つぶやきの主は、まちづくりの仲間、堀昌子さんです。二〇〇〇年四月、〈ひと・まち・みらい研究会〉の定例会がハネたあとの、いつもながらの一杯飲み会の席上でのことでした。

この〈ひと・まち・みらい研究会〉というユニークな組織については、のちほど詳しくふれたいと思いますが、この会のメンバーに佐川通さんという元中学校の校長先生がいらして、私たち仲間は佐川さんといっしょに歓談していました。佐川さんは現役の校長時代、「学校の森づくり」を実践されるなどすばらしい活動をされ、退職後もこの会の中心メンバーのひとりとして、教育を考えるシンポジウムを開催してこられた方です。その佐川さんがポツリとこう言ったのです。

「なかなか学校って、変わらないんですテ」

佐川さんからは、私たちの教育シンポジウムに出席して刺激を受けたのをきっかけに、学校現場で新しい試みが始まったという報告も以前聞いたりしていたものですから、この日佐川さんが思わず漏らした本音に、学校ってたいへんなところだな、とあらためて思ったのでした。その佐川さんのひとことに対し、私たちでなにかできないかしら、と堀さんがつぶやいたのです。

この会は、なにごとに対しても他人事のように批判・批評をしないのが暗黙のルールで、またそういうことを好まない人たちが会員として自然に集まってきていますから、堀さんのそういうつぶやきも、ごくふつうのこととして受けとめられたのでした。

「そうですよね、おれたちでできることをしたいですよね」と、私もいつものように言っていました。そして、ふと思いついて、こう言ったのです。

「学校ビデオをみんなでつくりませんか。新潟にも新しい教育実践を始めている学校はいくつもあります。それらの学校をビデオで紹介して、多くの人に知ってもらいましょうよ。また私たちも撮影に行くことで、学校とかかわりができるし、小さくとも新しい流れをつくることができるかもしれませんよ」

私は今までに、二度ほどビデオ製作にたずさわったことがありました。最初は序章で紹介したべてるの家を撮った『ベリー　オーディナリー　ピープル』（とても普通の人たち、通称「V・O・P」）という作品です。これは最初、フィルム作品をつくって国際映画祭に出品し、べてるを世界に紹介するという壮大な構想（妄想？）のもとにスタートしたプロジェクトなのですが、その資金集めのために四十五分のプロモーション・ビデオをつくったところ、たいへんに評判がよく、以降八巻までをシリーズとして製作しました。

二度めにつくったのが、この本でもすでに何度も名前が登場している福島県三春町の学校を撮ったビデオ『三春の教育改革』でした。これも、三春町の実践をどうしても全国に紹介したくて、製作委員会をつくり、仲間と始めたプロジェクトでした。そんな経験から、映像が伝える効果の大きさは私なりに理解しているつもりでしたし、なによりこの会のメンバーと学校とが撮影を通じて関係をつくることができるならば、おもしろいことが起きるにちがいない、そう確信をもったのです。

製作資金のこともスタッフや機材のことも、あるいは取材対象である学校が撮らせてくれるだろうかということも含め、なにひとつめどが立っていない私の無謀な提案を「そうだ、やろう！」と受け入れてくれるのが、この会のいいところです。私はひそかに信じているのですが、新しいこと、世の中をちょっとだけよくしたりおもしろくしたりすることは、たいていが雑談か、あるいはこの夜のように飲み会などの席から生まれてきたりするものです。そして、そんなだれかの妄想じみた構想を一夜の勢いで終わらせないために、大切なことは、こういう「場」と、その「場」をいっしょにつくっていく響きあえる仲間をもっていることなのだと思います。

一か月後の五月十五日にはもう発起人会議を開いています。それから二か月くらいのあいだに、取材校や製作方針などを大筋決めてしまいました。製作資金は一口一万円のカンパを募り、五百口で五百万という計画です。

私は最初のビデオ『V・O・P』をつくったときの経験から、こういうプロジェクトを成功させるには、大口・多額の寄付金や補助金などの大きな力があればよいというものではないことを学んでいました。小さな力でいいのです。力が小さくても本気でやれば、まわりの人を動かしていきます。『V・O・P』はつくり始めたころ、非売品かつダビング自由ということにして、全国の人たちにとにかく見てもらうことを最優先していました。何千人かからの少額カンパによる製作費を募り、多数の賛同者が現れて、無事完成させることができたのです。

それで今回も、同じように多くの人の力をもらうことによって完成させようと、私が提案したのでした。

●●手づくり・手弁当で撮影二年間

取材する学校は七校となりました。学校に森や水辺をつくっているところや、積極的に地域の人たちを学校運営に参画させているところ、あるいは不登校の子どもたちを対象にしたフリー・スクールなど、いずれも個性的な学校ばかりです。

取材する学校ごとに担当者を決めて、まず、各担当者が学校に連絡をとり、会って主旨を説明し、納得してもらって撮影の承諾をもらうことからビデオづくりはスタートしました。撮影スケジュールは、年間行事予定を見ながら学校と相談して決めていきました。担当者は当日、撮影スタッフとともに現場に行き、撮影の一部始終をマネージメントします。インタビュアーもみずからやります。シナリオづくりもしました。ナレーションも担当者が自分でやることになりました。まさに一人ひとりがプロデューサーだったといってよいでしょう。

製作委員会の会合をかさねるうちに、〈ひと・まち・みらい〉の会員以外の人も顔を出すようになりました。

プロジェクトが発足して二か月くらい経ったころ、〈にいがた映画塾〉の人たちから、自分たちもこのビデオ製作に参加させてもらえないかという申し出がありました。私たちのことを伝え聞いて連絡してきたのです。にいがた映画塾は、手塚治虫の息子である手塚眞さんが新潟で『白痴』を撮ったときに結成されたグループで、新潟の映像のプロ、あるいはプロをめざす人たちの集団です。私は『V・O・P』や『三春の教育改革』でいっしょに仕事をした四宮鉄男さん（映像記録構成者）に撮影を依頼しようと考えていたのですが、地元の人間と仕事ができるなら願ってもないと思い、仲間に加わってもらうことにしました。

撮影期間は二年におよびました。撮影回数のべ五十回、百五十時間を記録しました。県内七つの学校を二台の撮影カメラで、学校・担当者・映画塾三者のスケジュールを調整しながらの撮影です。なかなかにたいへんでしたが、なんとか作品に仕上げるのに必要な量のショットを収めることができました。ビデオづくりにとりかかってから最初の一年で、二号のニュース・レターを発行し、二回のシンポジウムを開催しました。カンパは二百万円になっていました。

二年間かけた撮影がおおかた終了すると、つぎは編集作業です。じつはここからが、まさに映像づくりです。担当者の書いたシナリオをもとに、映画塾の人たちが編集作業をおこないます。一本二十五分くらいの長さのものを六作品おさめたオムニバス形式のビデオに仕上げるのが最終目標ですが、最初はその二倍くらいの長さのラフな編集で上がってきます。それをプロジェクトのメンバーみんなで見て、率直な感想や意見を出しあい、それを参考に再編集していくという作業がしばらく続きました。

最初、われわれ素人プロデューサー側は、一万円もらうに値するものをほんとうに自分たちの手で完成させられるだろうかという不安でいっぱいでした。人間は正直なもので、ラフ編集のものを見せられてもピンと来ないときは話もはずみません。それでもみんな真剣なので、しだいに意見が出はじめます。率直な感想が出てくると、議論も白熱してきます。素人なりに感想や意見を出しあい、手探りで編集方針を決めていきました。みんな、自分が現場に立ち会ったときの、そこでの実感を大切にしようということになりました。

話しあいのときの仲間の助言を参考にして、再編集し、二十五分に収まるようにカットしていきます。何度もこの作業をくり返していくと、素人プロデューサーたちの目も肥えてきます。そして、それが「作品」に近づいてくるころになると、みんな目が輝いてきます。「これ、イイッ!」とだれかが感想を言えばしめたもの、どんどん前向きな意見が出され、編集会議も活気づきます。そのようにして、さまざまな意見を考慮しながら作品へと完成させていきました。

●●素人の「思い」とプロの「論理」のはざまで

じつを言うと、編集段階に入ってから、映画塾の人たちと私たち実行委員会のあいだで、かなり激しい意見のやりとりがあったのです。私たちは全員、映像の素人ですから、編集の技術をもっているわけではありません。こういう作品にしたいんだという「思い」を伝えて、映画塾の人たちに編集してもらっていました。そのための編集会議を何度ももつようになると、しだいに私たちと映画塾の人たちのスタンスの違いがあきらかになってきたのです。

私たちはともに作品をつくる仲間だと思いたいのですが、彼らからは映画をつくるのはあなたたちだ、自分たちは協力するだけだ、というニュアンスの言葉が出てきます。かと言って、私たちが編集についてこうしてほしいという要望を出しても、なかなか話がかみあいません。それはおもしろくない、そうやっても映画はうまくいかない、という具合に言われてしまいます。いわば素人の「思い」とプロの「論理」の食い違いで、話が平行線で交わらないのです。とてもいっしょになにかをつくるという雰囲気ではなくなってきていました。

しかし、私は映画塾の人たちに「思い」がないとは考えませんでした。なんといっても彼らは、映画づくりが好きでたまらない人たちなのですから、自分たちが手がけているこのビデオをよい作品に仕上げたい、という思いや考えがないわけがありません。だから、私たちと距離を置いて、立場をわきまえたいと思っていても、ときおり自分たちのやりたいことを言ってしまうのです。もしかすると私たち実行委員を、このオジサンやオバサンとまともにかかわるのは面倒そうだなあ、と見ていたのかもしれません。

しかし、自分の意見を言うときはかかわりが生まれますし、主体的にかかわるのがおっくうであれば、少々のことはガマンしなければならないのが世の中です。

私は何回めかの編集会議の席上で、こう言いました。

「言いたいことがあるのなら、最初からこうしたいと言えばいいじゃないですか。おれたちはあなたたちとの合作にしたいと思ってるんだ。もっとストレートにやりあおう」

このときの私の発言は、それまでも十分激しかった話しあいを一段と白熱させることになってしまいましたが、この映画づくりの過程における転換点になったと思います。私の仲間たちは「清水さんが怒った」と言ってしばらくは喜んでいましたが、これ以降、映画塾の人たちと私たちの距離は、ぐっと近くなったのです。二年間という長丁場で、しかもはじめはけっこう摩擦もあったのに、編集会議の参加者は最後まで減りませんでした。私はホンネ、本気の話しあいを続けたことがよかったのだと思っています。

会議があまりにも白熱するので、「こっちのほうがおもしろい」と会議の模様をビデオに記録する人まで現れました。映像作家の中島太一さんという人です。中島さんは、こんなに熱くなって語りあっている大人を久しく見たことがない、と言ってビデオをまわしはじめたのです。「初期の頃の編集会議。その熱気たるや、まさにもの作りの原点を思わせた」と中島さんはのちに会報に記しています。

と、こんなふうに、丸々二年間いろいろなことがありながらも、二〇〇二年四月、ビデオ『夢のある学校づくり』は完成したのでした。内容はつぎのような構成になっています。

＊「太田の森と子供たち」集まって　豊栄市立太田小学校　担当：清水義晴

＊〈いのち〉の〈つながり〉を活かす「学校の森」づくり
長岡市立川崎小学校／十日町市立南中学校　担当：佐川　通

＊やすづか自由学園　子供たちの心の居場所　やすづか自由学園　担当：川瀬潤一

＊十日町小学校・夢の学校づくり　十日町市立十日町小学校　担当：野沢恒雄

＊back to school　自然塾・明星学園　担当：市嶋　彰

＊聖籠中学校・地域がつくる学校　聖籠町立聖籠中学校　担当：居城葛明

それぞれの担当者とにいがた映画塾のスタッフが協力してつくりあげた自信作です。

私が担当した太田小学校の「ビオトープづくり」では、地元の環境団体のメンバーをゲスト・ティーチャーとして招いておこなう野外授業で、子どもたちが自然から学ぶイキイキした姿がとらえられています。ここは地域と学校の連携もみごとです。

佐川さんが担当した川崎小と十日町南中の「学校の森づくり」では、創始者の山之内義一郎先生のお話を聞くことができました。山之内先生はインタビューで「子どもたちは自然のなかで〈つながり〉の感覚を学んでいくんです」とおっしゃっていて、それがたいへん印象的です。この学校の森づくりは海を越えて韓国にまで伝わり、国が協力をして全土に広がりつつあります。

川瀬さんが担当したやすづか自由学園「子供たちの心の居場所」は、不登校の子どもたちが親元を離れ、成長していく姿を描いています。竹内実学園長の「自由」についての話は印象深く、なにより、学園祭にやってきた地域の人たちの温かさが映しだされています。

野沢さんが担当した十日町小学校の「夢の学校づくり」と、居城さんが担当した聖籠中の「地域がつくる学校」は、1章でご紹介したとおり、新校舎建設に地域の人たちを巻き込んでいくうちに、学校に積極的にかかわりはじめる地域の人たちと、それを受けとめる学校側の姿が描かれています。

市嶋さんが担当した自然塾・明星学園の「back to school」では、そこに通う繊細な少年と、いっぷう変わった味噌作り職人（先生です）との日々の交流が淡々と描かれ、ふしぎな魅力をかもしだしています。六本の作品どれをとっても、元気な、またひたむきな子どもたち、それを支える大人たちの姿がとらえられています。

すでにカンパもほぼ予定額に達し、協力者のかたがたの手元に完成したビデオが届けられ、反響が続々と寄せられてきています。意外にも県外からの反響もけっこうあって、ビデオの注文が絶えません。うれしいのは、現場の教員のかたが、口コミでこのビデオを紹介してくれていることです。研修会で上映したあとにみんなで話しあった、といった報告がいくつも寄せられていて、学校現場に新しい風を送りたいという私たちの当初の思いはとげられつつある、と感じています。

全国へ広がる〈地域の茶の間〉の輪

●多彩な市民がつどう〈ひと・まち・みらい研究会〉

この学校ビデオ製作実行委員会の母体となったのは、〈ひと・まち・みらい研究会〉という市民グループでした。この会は長年、人材育成の仕事にたずさわってきた柴田光栄さんを中心に、二十一世紀に期待される人や企業、地域とはどういうものなのかを探ろう、という目的で一九九五年に設立されました。

私も創立時からのメンバーですが、入退会は自由、会則もなければ代表も決めていません。会の目的に賛同する人たちが集まって自由に発言するゆるやかな組織ということができるでしょう。なによりも一人ひとりの主体性を大切にしていて、総勢二十～三十名ほどの小さな会でありながら、設立から五年間のあいだに二十五回の研究会と六回のシンポジウムを開いています。

メンバーは企業経営者や会社員、大学の研究者や公務員、あるいはＮＰＯや地域づくり運動にかかわる人など、文字どおり産・官・学・民の広い範囲にわたっているので、議論や情報交換に深みと幅があります。そしてなによりこの会の持ち味は、高い実践性があることです。

たしかに当初は勉強会という側面が強かったのですが、設立から数年経過した時点で、現実に社会に働きかけることを重視することで意見が一致しました。というのも、そもそもメンバーそれぞれが自身のフィールドをもち、そこで確かな成果や信頼を築いてきた人たちですから、新しく始めるためのプランをことさらに探さなくても、メンバーがおこなっているユニークな活動を応援し、提言していくだけでも十分に価値があることがわかったからです。

そのいい例が、学校ビデオでもとりあげた「学校の森づくり」活動です。これは山之内義一郎さんや佐川通さんが校長時代に実践してきたことが育ちつづけ、各地に広まっているわけですが、二人とも〈ひと・まち・みらい〉の会員です。私たちは学校ビデオ製作で、仲間の活動を応援したとも言えます。

では、このような仲間の会員の実践活動に共通するテーマはなんだろうか、と私たちは考えました。そして、そこにひとつの共通性を見出しました。それはだれもが、持続可能な社会を築くために個々の活動に取り組んでいる、ということでした。一過性の価値でなく、資源浪費型でもなく、一方的に得をする「勝者」を生み出したりしない、そんな二十一世紀にふさわしい社会の実現のためにみんな汗を流している、ということが見えてきました。私たちはこれを「持続可能な素敵発見」と名づけ、この会の共通テーマとすることにしました。そして具体的に、四つの活動の実践を応援することとし、現在もそれを続けています。

その四つの実践を紹介しましょう。

第一に「開かれた学校づくり」です。未来を考えるうえで、教育はなにをさしおいても無視することのできない問題です。これについては、前述したとおり元校長先生を中心に多彩な活動をおこなっていて、地域に着実に影響を与えつづけています。

第二が「棚田を守る活動」です。これはいかにもコメどころ新潟らしい、地方色豊かな活動です。棚田は作業効率が悪いため、農家の高齢化とともに急速にその姿を消しつつあります。しかし、治水などの国土保全、あるいは環境保護などの観点から、その役割が見直されてきています。新潟県庁職員を中心とした会〈棚田フットワーク〉は、田植えや草取りなどのボランティア活動によって棚田地域を支援し、農家と交流を深め、さらには都会の子どもたちの体験学習を受け入れるなどして、広く学びと交流の場を提供しています。

この会のおもしろいところは、中心メンバーの三名（倉本春雄・大塚正・野沢恒雄）が、農地事務所に勤める行政マンであることです。彼らは行政としての仕事だけでなく、現地で役立つ仕事をしようと考えて、この活動を始めたのですが、一地域人であることに民間も役所もないというよい例です。彼らは今、百五十人ほどの仲間とともに地道な活動に取り組んでいます。

第三は桐タンスの産地、加茂市の「心の苗を育てる運動」です。これは4章「冷たい経済から暖かい経済へ」で、じっくりと紹介したいと思います。

第四が〈地域の茶の間〉です。「だれかと話したい」「ひとりでいるのが寂しい」「家族のなかで孤独だ」……そんな高齢者の人たちも、またどんな人でも集まってくつろげる場、それが〈地域の茶の間〉です。この活動（場づくり）はまたたく間に新潟県全域に広がり、現在は百五十か所とも二百か所ともいわれています。〈地域の茶の間〉は、もともとは河田珪子さんというひとりの女性が始めたものです。このたったひとりの女性の思いと行動が、新潟の福祉行政に大きな影響をあたえ、介護の現場を変革しつづけてきたのです。

以上の四つが〈ひと・まち・みらい〉が応援する実践活動の柱ですが、私はこの章「〈ただの人〉が社会を変えていく」にもっともふさわしい活動の具体例として、河田さんが起こした〈まごころヘルプ〉〈地域の茶の間〉をつぎに詳しく紹介したいと思います。

●住民参加の画期的な介護サービス登場

一九八九年の四月、河田さんはそれまで働いていた大阪府高槻市にある府立の特別養護老人ホームを退職し、故郷の新潟へ帰ってきました。夫の両親の介護をするためでした。

特養ホームでお年寄りやその家族にかかわるなかで、河田さんは、ある思いを強くもつようになりました。

「働きつづけてきた女性たちが、介護のために仕事を辞めなくてもすむような、助けあいの介護制度が必要ではないか」

「介護しつつ自分の人生を大切にしたい。同時に、介護されるがわの人生を大切にしたい」

河田さんは、そのためのシステムをつくろう、と決意して新潟へ帰ってきました。

そうした活動組織設立へ向けて奔走していた河田さんをインタビューした、新潟日報の簑輪紀子さんは、当時の河田さんについて「人生後半の出発として、これをしないではいられない、という熱い思いを一気に語る河田さんの表情がすがすがしかった」と記しています。

介護の新しい仕組みをつくりたい、と訴える河田さんのインタビュー記事には、それを書いた簑輪さんの予想をはるかに超える反響がありました。「共感したので連絡先を教えてほしいという電話や手紙がつぎつぎと舞い込んだ」（簑輪）のです。

この共感の輪が、〈まごころヘルプ〉設立の原点となっていきます。一九九〇年四月、まごころヘルプは新潟県で初の有償（しかし営利を目的としない）で住民参加型の在宅福祉サービスを開始したのでした。財政的な苦労などはあったものの、まごころヘルプの理念と実践（その内容はつぎに述べます）は、あっという間に人びとのこころをつかみ、設立当初二百人だった会員もわずか三年後（一九九三年）には五百五十人にふくらんでいます。

この年、「あふれる利用希望をことわることがつらく、迷ったすえ」（河田）、今までどおりの活動を妨げないことを条件に、まごころヘルプは新潟市福祉公社に参画しました。「月に千時間以上のサービスは、質の確保のために個人のレベルではやれないと決めていました。同種の活動がほかにもできていればよかったのですが、当時、まごころヘルプしかなかったのです」と河田さんは言います。

公社参画後も、まごころヘルプ・スタッフの思いは変わることなく、つぎつぎとサービス充実の手を打っていきます。一九九七年には、子どもからお年寄りまでだれでもいられる場として〈地域の茶の間〉を開設、それはまたたく間に新潟県全域に広がりました。

〈地域の茶の間〉ははじめ、（まごころヘルプが始めるずっと以前に）河田さんが個人の立場で、一住民として始めたものでした。新潟市・山二ツ会館での開設がその始まりです。そのあとすぐに、県内の小須戸町でも〈地域の茶の間〉が開設されました。

すでに、まごころヘルプの会員は三千名近くにおよんでいます（平成十三年度）。まごころヘルプには利用会員と提供会員、それに賛助会員がいます。利用会員は、介護などのサービスを受けるがわの会員です。提供会員は、自分のできることをまごころヘルプに登録した、手助けするがわの会員です。どちらも年間千五百円を払って会員となり、各サービスごとに謝礼を払う、あるいはサービスを提供する、という関係になっています。

まごころヘルプは、有償か無償かの形式にはこだわらず、その場面でいちばんよい方法を考えています。ゴミ出しなどの仕事では無償の場合もありますし、〈地域の茶の間〉もそうです。しかし、この会は、内容によってはあえて有償とすることで、そのよさを十分に活用してここまで成長してきた、ということが言えると思います。

有償であることで、まず利用会員がサービスを受けるのに気兼ねがいらなくなります。お茶や食事の心配や、お礼はしなくていいのかしら、といったことで気をもまなくてよくなります。そして、公的機関ではふつう頼めないような時間帯や休日などでも、遠慮しないでサービスを申し込むことが可能です。まごころヘルプの会報を読むと、このことがよくわかります。また有償であることで、通常の介護サービスでは出動できないことでも相談にのり、役に立つことができます。とくに、まごころヘルプが発足した当時は、公的機関ではカバーしきれないサービス領域が数多くありました。

会報には多くの具体例が記されていますが、たとえば、つぎのようなケースがあります。

利用者は自営業のご夫婦です。商売をしながら寝たきりの親の面倒をみています。たまの定休日に二人で外出して、こころゆくまでのんびりしてみたい。そんなときに、家の留守番を家族に代わってまごころヘルプに有償でお願いしたというものです。現在の福祉制度でこのようなケースのホーム・ヘルパー依頼が可能かどうかわかりませんが、少なくとも十年まえには望むべくもなかったケースでしょう。まごころヘルプはこのような介護現場の要望に、有償だが非営利という立場を貫くことで応えてきました。

もうひとつ、これはほんとうにささやかな例ですが、こんなことが記されています。利用者は妻を介護している年配の男性です。その男性の家事援助のために提供会員が自宅を訪問するわけですが、毎日妻を介護している夫のために、酒のつまみを一品用意して帰るというのです。この組織のありようや、そこで働く会員たちのこころづかいが伝わってきます。

ちょっと大げさに言えば、思いやりやいたわりの気持ちを育む組織、他人への想像力をもった人間を育てる組織やリーダーを、私たちの社会は必要としています。まごころヘルプは、そのような組織のひとつと言えるでしょう。

有償であるということには、自発性をうながすという側面もあります。まごころヘルプは、利用会員も提供会員もどちらも一年ごとの会員ですが、これについて河田珪子さんはこう述べています。

「一年が終わるたびに、つぎの年に自分はまごころヘルプにかかわるのか、かかわらないのかを考えてみて、そして決めてほしいのです。さあ、今年もまごころヘルプに登録しよう、という意思決定をそれぞれの方にしてもらいたいと思っています。もちろん、私自身もそうです。いつも魅力的な会でありたいのです」

このように一人ひとりが主体的にかかわることの可能な組織づくりというのも、これからの社会のだいじなテーマだと思います。私たちはまごころヘルプに学ぶべきことがたくさんあるようです。

平成十三年度のまごころヘルプ会員は二千八百七十名です。この年、活動回数一万八千回、夕食サービスが三万食、開催した研修会が四十二回で、地域懇談会はその倍の八十四回です。この数字を見ただけで、いかに活発に事業を展開しているかがわかるというものですが、まごころヘルプの事業はこれだけではありません。この会がおこなっているきわめてユニークで独創的な、しかしおそらく日本中に影響を与えるであろう事業が、〈地域の茶の間〉です。

●〈地域の茶の間〉は森のような心地よさ

新潟市の中心部、万代シティにある「リターナ」では、毎月第二木曜日、朝九時から夕方五時まで〈地域の茶の間〉が開かれています。入り口を入ると、そこは外からは想像できないほどの老若男女でにぎわっていて驚かされます。小学生もいれば、お年寄りもいます。もともとはこの周辺のお年寄りの方たちのたまり場として用意されていたのですが、最近では近くの笹口小学校の子どもたちがたびたびやってくるようになりました。

ここに集まってくる人たちは、なにか特別なことを目的にやってくるわけではありません。将棋、囲碁、マージャンなどをして遊ぶ人もいれば、縫い物をする人も、本を読む人もいます。お茶やお菓子をまえに話に興ずる人もいれば、隅っこで寝ている人もいます。なにをしてもよいし、なにもしなくてもよいのです。「だれかと話したい」「ひとりでいるのが寂しい」「家族のなかで孤独だ」「介護を忘れて外へ出たい」……そのような人たちも気兼ねなくくつろげる場として始めたのが〈地域の茶の間〉です。

茶の間の参加者はお茶代として二百円を、食事も希望する人は五百円を支払います。あとはなにをしていてもかまいません。多くの人の話し声や笑い声で、とてもにぎやかです。小学校から来る子どもたちは、大人といっしょに将棋を指したり、あやとりなど昔ながらの遊びをお年寄りに教えてもらったりしています。だれも指図をしないというのが、ここで大切にされていることのひとつです。

来るといつも、にぎやかななかで寝る人がいるので、ふしぎに思った河田さんは、よくこんなにぎやかなところで眠れますね、とたずねてみたことがあるそうです。するとこんな返答が戻ってきました。

「夜、ひとりで布団に入っていると、不安でさみしくなります。ちょっとした物音でも目が覚めてしまい、そうなるともう朝まで眠れません。そんな私のような者にとっては、ここでこうして人の声を聞きながら眠るのは最高のぜいたくなんですよ」

お年寄りの方たちは、人の温もりや自分の居場所を求めてやってきます。

〈地域の茶の間〉には、スタッフも利用者も守らなければならない約束事がひとつあります。それははじめて来た人に対して、「あの人だれ？　というような目で見ない」ということです。これは、立派な社是や額に入れて掲げた言葉よりもみごとな理念だと私は思います。この場がなんのためのものなのか、だれのための場なのかをじつにみごとに言いあらわしています。まごころヘルプが大切にしている人へのまなざしと態度が、だれにでもわかる簡単明瞭な言葉に集約されているので、この組織はいつまでも初心を維持することができているのだと思います。

またもうひとつ、スタッフの人たちのだいじな約束事があります。それは「エプロンをつけて部屋に入らない」というものです。お世話する人・される人の関係を〈地域の茶の間〉では絶対につくらないという理念の実践です。「悪いですね、すみません」「めんどうかけて」「お騒がせして」といった気持ちにさせてはならないと考えるからです。

私は万代シティの〈地域の茶の間〉に行くといつも、まるで森林浴をしているような心地になります。そこにいる人たちは、てんでバラバラに振る舞い、好き勝手なことをしているのですが、あきらかにそこにはひとつの調和があって、森のような豊かさを感じるのです。どんなに疲れていても、ひとたび自然のなかに身を置くと、ふだんは気になるささいな悩みや人の欠点が気にならないという体験は、だれもがもっていると思います。同じように〈地域の茶の間〉には、人がありのままでいられる人間関係がつくられています。だれもが自然なので、いろいろなことが気にならないのです。

●場の力が人を、地域を育てる

〈地域の茶の間〉を訪問したとき、こんなことがありました。

近くの小学校の子どもたちが大勢でやってきたのですが、そのなかに、父兄や先生がつねに手を離せない（と思われている）児童がひとりいました。学校の先生が心配そうにそばについていたのですが、やがて河田さんは、その子を私の妻のところまで連れてきました。妻はその子にあやとりを教えていました。その子は一生懸命あやとりを続け、そのあと、私にあやとりを教えてくれたのです。先生たちが心配されていたような問題は、最後までなにも起きませんでした。

もしかするとこれは、そのときだけの偶然あるいは例外だったのかもしれません。しかし私は、やはりそこにその子を受け入れる「場」がつくられていたからだと思うのです。〈地域の茶の間〉ではだれも人を評価しませんし、くらべません。ましてや裁いたりはしません。その子は自然と自分の居場所を発見したのではないでしょうか。〈地域の茶の間〉に集まる人たちみんなでつくりあげた「場」の力による効果だと、私は思います。

「場」のもつ力や役割は、管理的な発想や人間観ではなかなかとらえられないものですが、確実に存在しています。どうやったら「場」を生みだし、育てることができるのか、さらには維持することができるか。それをよく知ることはひじょうに重要なことで、この本質と技術を私たちは身につける必要があります。

〈地域の茶の間〉はたんなるお年寄りのための居場所という役割にとどまらず、世代を超えたたくさんの人のふれあいの場へと進化しています。かつてのような密接なつながりをもつ地域社会が失われた現在、簡単で、やろうと思えばだれでもどこでもできる〈地域の茶の間〉は、地域社会の再構築の手法として大きな注目を集めています。この〈地域の茶の間〉の輪は、新潟県内の各所からさらに全国へと広がっていこうとしています。

1章の大潟町・松林再生物語から、十日町市と聖籠町の新しい学校づくり、過疎の町・安塚のマイナスをプラスに変える自由学園の試み、2章では学校ビデオ製作にうちこむ人たち、棚田を守ろうと活動するグループ、そして〈まごころヘルプ〉〈地域の茶の間〉など、新潟各地のまちづくり・地域づくり活動を紹介してきました。もちろん、これで新潟県のまちづくり活動を紹介し終えた、などということではありません。これらはほんの一端です。

生ゴミを回収し、地元の農場で飼われている家畜の飼料や野菜の肥料とすることで、環境と食の問題解決に貢献しようとしている長岡市の〈地域循環ネットワーク〉。

住民が自分たちのしたいことを企画提案し、公開審査によって資金助成を決定するというコミュニティ・ビジネスに取り組んでいる都岐沙羅《つきさら》地区。

豊栄市のNPO〈森の会〉や〈ネットワーク福島潟〉、五泉の〈トゲソを守る会〉など環境問題に取り組む会。

有機農業生産農家と消費者が協力して設立したNPO〈赤とんぼ〉や、やはり有機農業の普及と技術開発を目的とした加茂市のNPO〈雪椿の里〉など、農と食の問題に貢献しようとしているグループ。

知的障害者の個性を活かして社会参加の道を探ろうとしている燕市の〈自立の会アビリティ〉や、介護に限定しないで生活全般のサポートをめざす田上町の生活サポートセンター〈けあーず〉など、福祉に取り組むグループ。

あげていけば枚挙にいとまがないほどに、つぎつぎと意欲的な活動グループが誕生しているのが現状で、それは県外でも同様です。

序章で紹介した精神障害者の型破りな自立運営組織〈べてるの家〉は、北海道浦河町で活躍しています。私がお手伝いさせてもらっている沖縄県那覇市の〈NPO活動支援センター〉や、鹿児島県川辺町にある児玉病院の地域参加（これはのちほどご紹介します）、あるいは福島県会津若松市のまちづくり事業なども、じつにおもしろい活動を展開しています。もちろん、ほかにも私などのまだ知らないすばらしいまちづくりグループが、全国に無数にあると思います。このような、人びとの「まちづくり・地域づくりは自分たちの手で」という流れは、もうだれにも止めることはできないでしょう。

では、いったいなにが人びとを（いわゆる）市民活動に駆り立てているのでしょうか。その秘密を、私は考えてみたいと思いました。

小さな力こそが社会を変えていく

●資金なし、口コミ・ネットワークで売る

学校ビデオ製作プロジェクトが、約五百万円かかる制作資金を五百人の人びとから集めようと計画したことは、すでにご紹介したとおりです。一人一万円のカンパを賛同者から募集させていただこうというプランです（完成したビデオは賛同者全員に届けられます）。私もほかの実行委員の人たちも、なにか確たる目算があったわけではありません。でも、めどは立っていないけれどもこの方法がいちばんいい、という自信はあったのです。私には確信がありました。きっと私たちの希望に近い数の賛同者が現れるにちがいないと……。

一九九二年四月、私はべてるの家のことをどうしても世に知らしめたくて、仲間と『べてるの家の本――和解の時代《とき》』という本を製作しました。ビデオに先立つこと二年まえのこと

です。長い目で見たらこの本はかならず多くの理解者を獲得する、と内心思いながら刷った初版三千部は、なんと一年たたないうちに完売となりました。しかもその後も増刷を続け、一般の書店では買うことができないにもかかわらず、現在（二〇〇二年）までに約二万部を売り、今でもコンスタントに売れつづけています。二万部はすべて私たち本の製作にたずさわった仲間による直接販売です。いわゆる正規の流通ルートを介さずに、個々人のもつネットワークによって読者の手に渡っていったのです。このような本が、たった一年で、しかも口コミで売れていったというこの事実は、その後の私に深い影響を与えました。

まず、その内容が支持されたこと。私はべてるに出会ったとき（一九九〇年）から、ここで起こっていることは来るべき社会のモデルになるに違いないという、やや妄想（？）に近い確信を抱いていましたが、それがどのくらいの人に届くかは正直言って自信がありませんでした。しかし、読者からの反響の数かずは、そんな私の心配を杞憂へと変えてしまいました。と同時に、前述したような、この本の売れていくスタイルにも私は驚かされました。

現在の仕事を始めるまえは社員二百人ほどの印刷会社を経営していた私にとって、この本の売れ方は企業人としての常識を覆すものでした。たしかに以前から、ほんとうに必要で意味のある情報や新しい時代のメッセージは、だれもが容易に手に入れることができるマス・メディアのなかにはもはやない、ということは感じていましたが、大切な情報やメッセージは真っ先に、こうして直接人から人へと伝えられていくものなのだということを、私は肌身で知ることができたのです。このふたつの事実は、間違いなく私たちの社会がすでに地殻変動を始めていることを私に教えてくれました。

本を出版した二年後の一九九四年に製作したべてるのビデオ『ベリー　オーディナリー　ピープル』も、その後の『三春の教育改革』も、多くの人の少額カンパで完成させることができました。私はこれらの仕事を通じて、小さな力を集めることこそがもっとも大切なことなんだ、思いと思いがつながることこそが社会を変えていくんだということを、目の覚めるような思いで理解したのです。

企業を経営していたころの私は、自分の夢の実現には強く大きくならなければいけないと信じていました。売り上げや組織の規模が大きくなりさえすればなんでもできると思い、実際に事業を拡大していったのです。しかし、社長業を辞めてたったひとりになった私には、どこにも頼るべき「大きな力」はありませんでした。ですがそのおかげで、私はもっと魅力的な「小さな力」に出会うことができたのでした。かつてより非力な存在になったからこそ、この幸運に恵まれたと言えるでしょう。

最初のビデオ『ベリー　オーディナリー　ピープル』を製作していたとき、じつを言うと私はほんとうにお金がなかったのです。製作が終了し、編集にかかったお金を支払う期日が近づいても、私は全額支払う資金を持ちあわせていませんでした。完成したビデオは、無料配布でダビング自由と決めていました。四宮鉄男監督や浦河のべてるの仲間は心配して、「清水さん、ビデオに値段をつけて売りましょう」と何度も勧告してくれたのですが、私はその気になれませんでした。値段がつくことですぐさまありきたりの「商品」になってしまうことを恐れたのです。ほんとうに直感でしかなかったのですが、お金のことはきっとなんとかなる、という思いがしていました。

すぐに、私の知人・友人たちが全国各地でビデオ上映会を企画してくれました。ビデオですから、本来は上映会など開く必要がないのにもかかわらず、です。しかも、その会場で製作資金カンパを募ってくれたのでした。上映会は、全国各地で自発的に開かれていきました。だから、いっそううれしいものでした。私もできるかぎり各地の上映会に顔を出しました。そこでいろいろな方との出会いがあり、またほとんどの会場で、見終わった参加者が感想を語りはじめて、その場がすばらしい対話の空間となっていきました。

会場をあとにするとき、多くの方がカンパを寄せてくれて、私にはそれが、寄付というよりはこのビデオ製作に自分も参加したいという気持ちのあらわれのように感じられました。ときには十万円、二十万円という金額が製作プロジェクトの口座に振り込まれたことまであったのです。

私は『ベリー　オーディナリー　ピープル』の製作とその後の上映会行脚のあいだじゅう、ひしひしと、こう感じていました。とにかく、まだしかとはつかめていないが、なにかが変わりはじめている、動きはじめている。それはまだとても小さな変化かもしれないが、あと五年、十年したら、この国を動かす大きな力になるかもしれないなにかだ。自分は、自分を使ってなにが起きるか試してみよう、このなにかに賭けてみよう。そんな心境だったのです。

今だから言えますが、数日後に飛行機で出張しなければならないのに、その旅費がない、なんてこともありました。「どうしましょう?」と言う妻に、「なんとかなるさ」と私も答えるしかありません。ところが人の世とはよくできたもので、その日、思いがけないところからちょうど旅費のぶんだけ口座にお金が振り込まれてきたのです。もちろん、偶然と言えばただの偶然です。しかし私たちには、天の配剤のようにその偶然が思われました。偶然では片づけられないほど、あまりにもピッタリ符合するタイミングと金額だったのです。

その後もビデオ製作は、あいかわらずの綱渡り状態が続きました。さすがに「困った!」と思ったことも何度かはあったのですが、そのたびに各地の仲間が応援してくれて、気がついてみるとシリーズ八巻という作品を完成させることができたのです。結局、資金ショートで製作会社などに迷惑をかけることは一度もありませんでした。八本のビデオを製作した四〜五年間を振り返ると、よくやったなあ、という率直な思いと同時に、ここで自分は大切なことを学んだという感謝の気持ちが湧いてきます。ほんとうに、大切なことをこのビデオづくりでは学びました。

●競争と対立から、共感をたずさえた変革へ

あれからさらに数年を経た今、私はこんな確信を抱いています。私たちの社会は、今までとは違う原理で動きはじめている、と。おそらくそこには、「共感」という動機があります。今、私たちの社会の人たちは、自分のこころに響いてくるものごとに対して、意思表示をしたり、応援したりすることを大切にする生き方を選択しはじめているのではないでしょうか。

それはかつての、過熱した競争へと突き進むような生き方とはあきらかに異なる生き方だと思います。この変化こそが原動力となって、私たちの社会を新しい段階へと推し進めていくのではないでしょうか。私にはそんな気がしてなりません。しかし皮肉なことに世間では、そんな考えとはまるで正反対のような「原理」が、これからの私たちに不可欠だとばかり喧伝されはじめています。たとえば、グローバル・スタンダードという考え方です。

グローバル・スタンダードとは、「公平性に基づいた競争」をうながす（煽《あお》るというほうが近いかもしれません）、あるいはめざす価値のことでしょう。私はまず、その公平性そのもの

がかなり怪しいとも思っていますが、「競争」という概念を一度きちんと検証する必要があるのではないでしょうか。これは、この言葉によってもたらされる弊害があきらかになりつつある現在、とてもだいじなことだと思います。

競争という価値観が私たちの社会生活のすみずみまでを浸蝕するようになったのは、いったい、いつごろからなのでしょうか。私は意外にごく近年のことではないかと思っています。たしかに戦後五十年、必死に競争に勝つ努力を続け、日本は世界でも有数の経済大国になりました。しかし、競争に勝つことがまるで美徳のように、堂々と肯定的に語られるようになったのは、やはりバブル期以降のような気がします。

日本中が拝金主義に覆われていたバブル期と、その後の不況による倒産・リストラの嵐が荒れ狂った「失われた十年」のあいだに、弱いものは負け、強いものだけが生き残ることは当然だ、という空気が私たちの社会をすみずみまで覆ってしまいました。

しかし、こういう考え方が招きよせる弊害や社会的混乱は、今やだれの目にもあきらかです。競争に勝つために仕組まれた不正や社会悪が明るみに出され、新聞やテレビをにぎわさない日はないと言ってもいいほどです。そして、それら競争に勝とうとした人たちが、あっというまに凋落していくさまも私たちは毎日、目の当たりにしています。

こんな光景を毎日眺めていれば、競争原理が世の中をよくしていくという考えが、ほんとうにそう思われているほど確かな価値かを疑う人たちが、そこかしこに現れたとしても、なんらふしぎなことではないでしょう。

「この考え方のもとではどうも自分の未来像が描けない」という人たちは（私も含めて）、これでは自分を見失ってしまい、楽しく生きていくこころのバランスが保てない、ということに気づいてしまったのではないでしょうか。そういう人たちが、より人間らしい絆によってつながりはじめ、ほんとうに些細なこと、見落としがちなこと、しかし、じつはだれもが感じていることへ働きかけ、高くて大きなところからではなく、低くて身近なところから私たちの社会を変えはじめている。そんなふうに私は思いはじめています。

ビデオ製作を開始したとき、お金もなく、私はまったくの無力でした。しかし、このビデオをつくりたいという思いは切実でした。私はこのビデオ製作の過程を通じて、たとえ力が小さくともその思いが深ければ、それはまわりの人を動かす、ということを実感しました。無力なときほど、その人のまっすぐさが表れるということなのかもしれません。そして、人はそこに共感をおぼえ、つながっていきます。共感が、弱いところ・小さいところに集まるのは、そのためだと言えるでしょう。

河田珪子さんがまごころヘルプを始めようとひとりで奔走していたとき、たまたま新聞紙上に取り上げられ、それがたくさんの反響を呼んだことを先に紹介しました。まさに、たくさんの人が河田さんに共感したのです。河田さんの、たったひとりでも新しい介護の仕組みをスタートさせてみせるという思いに人びとは惹かれ、動きました。私たちが暮らす社会は、河田さんのように、たったひとりからでも自分で考え、判断し、行動する人たちが動かしていく。そうしたところから、競争ではなく共感をエネルギーの源とした新しい市民社会が生まれつつあると私は思います。

運動というと、かつては対立が前提でした。政治が悪い、行政が悪い、企業が悪いという犯人捜しに終始していました。たしかに、このような図式的な問題解決のやり方でも一定の成果が得られ、人びとの暮らしを改善できたという時代もあったでしょう。しかし現在では、一方的にだれかを攻撃するようなものの見方や姿勢に終始していては、協力とつながりは得られないと思います。人びとは（そうはっきりと自覚していなくとも）みずからが社会の問題解決の主体となることを志向しはじめているからです。そして、それが十分に可能な状況がすでに到来しつつあります。

政治や行政や企業はかつて、私たちにとって高くて遠いところにある存在でしたが、これら既成の大きな力は現在、システム崩壊の途上にあるように思われます。と同時に、たったひとりの力による変革も始まっています。多くの人が、すでに崩れかけている古いものを立て直すよりも、新しい社会づくりを始めたい、自分もそれに参加したいと願っているのではないでしょうか。

近年、ボランティア活動に参加したりNPO活動を支援したりする人たちが目覚ましい勢いで増えているのは、そんな人びとのこころの奥底の願いに発したものだと私は思います。いつも敵を想定して批判をくり返すようなものの見方や姿勢を捨てられない人や組織では、共感や支持を得ることはとてもむずかしい時代になりました。そういうやり方は問題解決をだれかに委ねているだけだ、ということに、多くの人がもう気づきはじめているからです。

●「どんな生活者になりたいか」を考えることから

〈中部リサイクル運動市民の会〉は、人びとが問題解決の主体として自発的に集まってできた組織の好例と言えるでしょう。この会は、名古屋市を中心にリサイクル運動を進めてきた、すでに二十年以上の実績をもつ会です。

市内に三十か所以上のリサイクル・ステーションをもち、スーパーの店頭などで資源回収をおこなっています。月二回の収集日の運営をするのは、市民リサイクラーと呼ばれるボランティアです。もちろん生ゴミのリサイクルにも取り組んでいます。あるいは新聞古紙を再生したエコペーパーをメーカーと共同開発し、普及販売などもしています。また、特徴的なのは、このような資源リサイクル事業以外に、グリーン・コンシューマーと呼ばれる「環境に配慮した商品を購入する消費者」を増やすことをめざして、セミナーを開催したり、買い物マップを作成したり、通信販売事業を展開したりしていることです。

ほんの少人数で始めたこのリサイクル運動は、いまでは多くの会員をもつ組織に成長しました。私がこの会の理事長の荻原喜之さんと話をしたとき、荻原さんはこう述べていました。

「ぼくは世の中を変えてやろう、よいことだからやってみようと思ってこの会を続けてきたのではありません。むしろ、自分はどんな生活者になりたいかを考えつづけた結果が、今の中部リサイクル運動につながっているんだと思います」

中部リサイクル運動市民の会は二〇〇〇年一月、NPO法人（特定非営利活動法人）となりましたが、ここでNPOについて、少しだけふれてみたいと思います。

私たちの社会もいよいよNPOを必要とするようになったわけですが、ある意味では、日本には以前からNPO的な考え方や知恵があったと考えることができると思います。「企業は社会の公器である」と言ったのは、松下幸之助氏でした。これは、企業は株主（投資家）のものであるというアメリカ型の企業観とはおよそかけ離れたものです。NPOとは「非営利型の民間組織」と一般には定義されていますが、NPO法人モデルが導入される以前から、「公益をめざす」という考え方を一部の企業家がすでにもっていたことは注目に値します。

このように公的・社会的な必要にかなうよう努めることを、（少々堅苦しい表現ですが）私は「営義」と呼ぶことにし、NPOとは「営義事業体」なのだと考えてみることにしました。私たちの社会では、営利をいちばんの目的とすべき企業であっても、公益をおろそかにしてはいけないと考えた経営者が過去にも数多くいました。しかし、近年は「健全な競争」というかけ声のもとで、いつのまにか営利のみが企業の目標であるという風潮が蔓延して、公益を考えることはまるで時代遅れの日本型経営の象徴のように見なされ、見向きもされなくなってしまいました。

皮肉なことに、このような社会背景もあって、NPOのような、公益に貢献することを目的とする組織が必要とされているのだと思います。NPOのよさは、なんといってもその自発性と平等性にあるのでしょう。同じ思いによって集まった仲間が、対等の立場で、責任もわかちあいながら体験を積みかさねていく。そのささいな体験の積みかさねが、健全で公平な社会を実現していく。人びとはそこに魅力を感じているのではないでしょうか。

そんな流れのなかにあって、私は企業もふたたび公益を重視するようになっていくと考えています。NPOや多くのボランティア団体にあと押しされて、ということもありますが、企業も結局は人で成り立っているのですから、企業で働く人びとも時代の風を感じないはずがありません。持続可能な社会づくりのために、自分の持ち場でできることをする。そういう企業が生活者から支持される。そんな社会がすでに始まりつつあるのではないかと思います。

●自立した個人がゆるやかに連帯し、うねりを

企業に公益を忘れさせたのは、きびしい競争原理でした。でも、身近にあるお店や企業で、長いこと続いているところを思い浮かべてみると、あながち競争に勝ちつづけたから何代も続いているわけではないことに気づきます。人を育てることに功績があったり、土地を寄進したことがあったり、あるいは地域行事に長年協力したりというふうに、きっとその地域や社会にだいじな貢献をしていると思います。そういう「営義」をなしてきた歴史があるから、現在も人びととつながり支持されているのでしょう。

渡辺崋山という人は、江戸時代に「同業者をだいじにせよ」という言葉を残していますが、私は自分の経験からも、同業者を大切にする会社は長続きすると信じています。それは、欧米流の「健全な競争が健全な企業を育てる」という理由によるものではありません。「おかげさまで」の人生観とでも呼べばよいでしょうか。商いもきわめていくと、どうやらだれもが同じような境地に至るもののようで、このような普遍的なみちすじを先人は「道」と呼んだ

のだと思います。「商い道」ではおそらく、他人を蹴落とすのではなく、ともに栄える道を探す知恵がその真髄でしょう。また、そうした知恵のことを「和」と呼んで大切にしてきたのだと思います。「和」などと言うと、古臭くてなんだか元気の出ない、国際化された今の世の中ではもう用済みの言葉のように思われるかもしれませんが、この知恵はこれからの時代にこそ、見直されるべき大切な価値なのではないかと私は思っています。

競争のなかで人も自然もバラバラに分断されてしまった状況から、共感をたずさえて人も自然も本来のつながりをとり戻すこと。同時に、自立（自律）した個人が、みずから考え判断し、連帯して行動を起こすこと。組織の大きな力ではなく、個人の小さな力が集まって大きな「ひとの力」となって、人びとを動かしていく。そういう状況がそこここに生まれつつあると感じます。この傍流が時代の主流になるのには、そうたくさんの時間を必要としないと私は推察しています。

人の生き方が変わるということは、仕事の意味も変わるということです。それは経済そのものにも影響を与えるでしょう。その変化はすでに起こりつつあるようです。それを次章でみていきたいと思います。私が紹介するエピソードはどれも、ほんとうにささやかな、つつましい事例ばかりですが、しかし、そこに大きな時代の流れにつながるもの、社会の変化を感じとってもらえたらと思います。

3章

仕事に〈快〉をつくりだす人びと

共同作業が創造性を引きだす

●家づくりは暮らしへの思いを聞くことから

ひょんなことから、住宅設計のお手伝いをすることになりました。仕事を依頼してくれたのは、上越市に住む税理士の岡本史郎さんと美香さんのご夫妻です。新潟県在住の一級建築士・宮川久さんと私との、共同作業ということになりました。

宮川さんは、1章で紹介した大潟町（松林再生事業に取り組んだまちです）に住んでいる方で、私を地域づくりアドバイザーとして町役場に紹介してくれた人です。まさかこんなかたちでいっしょに仕事をすることがあろうとは思ってもいませんでしたが、宮川さんもたぶん同じ気持ちだったことでしょう。ときには、こういう予想もしなかったことが始まってしまうものです。住宅設計は、私がかねてからやってみたいと思っていた仕事でしたから、岡本さんの申し出は願ってもないチャンスでした。

岡本史郎・美香さんは若いご夫婦で、三人のまだ小さなお子さんがいました。お母さんとの同居を考えておられ、家族六人の三世代住宅を建てたいのだが、という依頼でした。

私はまずこの仕事を、岡本さん家族からじっくりとお話を聞くことから取りかかることにしました。岡本さん家族が、どんな家に住みたいと思い、どんな暮らしをしたいと望んでいるのかをよく知ること、できれば、本人たちでさえまだ気がついていない、「家」や「暮らし」への思いを引きだせればしめたものだと思いながら、この作業を始めました。何度もお会いし、みなさんからじっくりと話を聞きました。

あるとき、妻の美香さんの口から、こんな言葉が飛びだしてきたのです。「私は忍者屋敷のような家をつくりたいんです」。いつかそういう家に住みたいとずっと思っていた、と言うのでした。一方、夫の史郎さんはこう言いました。「私は〈隠れ家〉のような書斎をもちたいと思っています。それが私の夢です」。こういう言葉が出てきたあたりから、二人がどんな家を望んでいるのかが、しだいにくっきりと浮かび上がってきたのです。

この二人がイメージしている「理想の我が家」から察しがつくかもしれませんが、岡本さん夫婦は遊びごころのある、おおらかなタイプの人たちです。一方、同居するお母さんはとても几帳面な、清潔好きの人でした。私は岡本さん夫婦だけでなく、お母さんからもじっくりと話を聞きました。すると聞くうちに、この夫婦とお母さんは、どうやらまったく対照的な住まいを自分の理想として思い描いているらしい、ということがわかってきたのです。

徐々に岡本邸のコンセプトがはっきりと見えてきました。これは、相反する価値観を統合していく仕事でした。岡本さん夫婦、もしくはお母さんのほうがたんに折れて、我慢をするという結果になってはいけません。なぜこういう設計になったかという、納得を得たうえでの完成がとてもだいじです。

私は、このコンセプトからラフ・デザインを描きました。設計士ではないので、あくまで素案をつくるわけですが、そこにできるだけご家族の思いを込めていきます。今度はそれを、プロの設計士である宮川さんが図面におこし、岡本さん夫婦と話をする。そしてまたご家族の思いを取り入れ、私と宮川さんが手を加えていく。こういう作業を何度となくくり返していきました。コンセプトは〈ファミリー・プレジャー・ハウス〉岡本邸です。

ラフ・デザインを描いたときに、まずお母さんの部屋を、家でいちばん日当たりのよい場所にもっていくことにしました。「離れ」というわけにはいきませんが、最初にお母さんの場所を確保したのです。素材は和風のものを使い、落ち着いた雰囲気の部屋にしました。風呂場と洗濯をするところが近いほうがよい、ということでしたので、その意向もかなえました。自分のお母さんは、これだけのことが実現すれば、ほかには特別な要望はないようでした。

望んでいた空間が手に入ったのです。あとは、岡本さん夫婦（と子どもたち）の自由でした。思いきり遊べばいいのです。私たちと岡本さん夫婦でアイディアを出しあって、なんともユニークな家ができあがりました。

岡本邸に初めて来た人は、自分がどこの階にいるのかわからなくなるみたいだ、と岡本さんは言います。実際、まず玄関に入っただけでも不思議な家なのです。たたきの土間に格子戸があり、すぐ左手には、いったいどこに続いているのか茶室のように低い出入り口があります。正面には昔懐かしい重厚な長持が置いてあり、その上にはなんと、家のなかなのに竹橋が架かっています。大きな障子の向こうにはなにがあるのか、訪れた人はみんな気になるようです。なによりも、玄関に入るとすぐ漂ってくる木の香りがたまりません。

居間には太い杉丸太の柱が立ち、ゆったりと優しい空間をつくりだしています。建前のときは太く感じた柱ですが、できてみるとちょうどよい太さでした。施工中、史郎さんが愛情こめて磨きました。寝室には屋根勾配の吹き抜けがついています。ここから見る庭と周辺の景色が夫婦のお気に入りです。ご主人の書斎へは、ここからはしごを登っていきます。屋根裏部屋が書斎になっていて、史郎さんの夢だった本だらけの隠れ家です。

子ども部屋は仕切りなしの広いオープン・スペースで、いずれ子どもたちが大きくなったら、家具などで間仕切りをする予定です。子どもたちは、しょっちゅう家のなかで隠れんぼをして遊ぶそうですが、「うるさくてかなわん。早く大きくなってー」というのが美香さんの目下の悩みなのだそうです。

岡本さん夫婦がとりわけ気に入っているのがテラスです。夜、テラスに出て、木々のシルエット越しにきらめく星を眺めながら飲む酒は、最高にうまい！　この家を建てて唯一困っていることは晩酌が定着してしまったことだと、二人は笑います。十七年間、会社勤めをしていた美香さんは、家に居てヒマじゃない？　と聞かれることもあるそうですが、とんでもない、この家は未完成の、「創造意欲を刺激することおびただしい家」なので、退屈しているヒマなどないのだそうです。自給自足を願って選んだ土地でもあり、畑づくりにも挑戦しています。「この家に住んで三年になりますが、今でも夢を見ているようです。ときどき、昔の家にいるような錯覚で目覚めたり、天窓を通して青空や雲を見てわくわくしたりホッとしたり。私たちにとって、最高の家です」。こう言っていただけると、私は（たぶん宮川さんも）よい仕事をさせてもらったと、あらためてうれしい気持ちが湧いてきます。

●住む人・聞きとる人・造る人の共同制作住宅

私は以前から、住宅産業には家を建てたい人の思いを引きだす（＝聞きだす）プロがいないと思っていました。家というのは、ほとんどの人にとって一生に一度の、それも人生で最大の買い物です。買ったあと二十年も、必死に支払いを続けていく人が大半なのです。それなのに、いざ家を買った（建てた）あともほんとうに満足している人が、意外なほど少ないことに気づきました。

家づくりというのは、おおかたがハード面のことで決まっていて、施主と施工業者とのやりとりというのは、間取りについてや、素材をどんな材質や色にするかといった打ちあわせがほとんどです。それも、実際には、予算と折りあうかどうかについての話しあいなのです。たしかに、外観や間取りの部分に、その人らしい表現や好みを盛り込むこともできるでしょう。しかし、私が気がかりに思っているのは、建て主がその家でどんな暮らしをしていきたいのかを、施工する側がきちんと把握しているか、ということです。忙しさにまぎれ、ここを曖昧にしたまま家を建ててしまう人が多いのではないでしょうか。もしそうだとしたら、とても残念なことです。

私は、家づくりはソフトがだいじだとずっと考えていました。そこにこれから住む人の、暮らし方のイメージや家族への思いをどれだけ引きだせるか（＝聞きだせるか）が、これからの家づくりでいちばん大切なことではないかと思っています。

ですから岡本さんからこのお話があったとき、私はずっと自分のなかであたためてきた

「家づくりはコンセプトから」という考えを、思うぞんぶん試してみようという気持ちでわくわくしていたのです。建築には以前から興味があったものの、設計ができるわけでもありませんし、まったくの素人です。家づくりの技術もノウハウももっていません。だからこそ、常識にとらわれずにすみました。「忍者屋敷みたいな家に住みたい！」と言われて「おもしろいですねえ！」と応えることができましたし、プロならたぶん「それは無理ですよ」と片づけてしまうことも、一生懸命、実現の方法を検討することができました。

プロなら使わないだろう素材も使いました。壁には土を使っていますし、また、フシのある木をふんだんに利用しました。これは専門家ならまず用いませんが、私は自分の仕事場を、すでに同じようなフシのある木で建てていて、なんの不自由も感じていませんでしたから、一向に気になりませんでした。こういう工夫で、ずいぶんとコストを下げることができたと思います。なによりも、門外漢でなければ、設計をひとまず置いて「どんな暮らしがしたいですか」などと、長い時間をかけて話を聞いたりしないだろうと思います。

結果的に岡本さんはたいへん喜んでくれましたが、この岡本邸は、岡本さん家族と宮川さんと私の三者の作品である、と考えています。そしてじつを言うと、この三者がそれぞれひそかに「自分の作品だ」と思っているところが愉快ではありませんか。だからこの岡本邸は、家づくりにつきもののクレーム（苦情）がほとんど発生しませんでした。岡本さんにとっては、思いきり楽しんで自己表現にチャレンジした自分の作品なのですから、当然なのです。建て主と施工業者がともにアイディアを出しあっていく、共同プロデュース方式がこれからの家づくりに不可欠なのではないかと思っています。

●専門の枠を超えたパートナーの大切さ

私はこのような共同作業が大好きです。性にあっている、とも言えるでしょう。最近、コラボレーションという言葉をよく耳にするようになりましたが、「コラボチスト」というような職種があっていいのかもしれません。現在の会社の屋号を「えにし屋」としたのも、いつも人との出会いから仕事が生まれたり、だれかと組んではおもしろそうな（酔狂な、とも言えますが）企画に取り組んだりしていたことに、ちなんだからです。

これまで紹介してきた、まちづくりやビデオ製作だけでなく、空間プロデュースや本の出版、企業の経営コンサルティングなどをそのときどきに応じて、その仕事にふさわしい仲間といっしょにやってきました。ですから「一仕事・一チーム」をずっと自分の原則としています。ひとつの仕事が終わると、そのプロジェクトは解散です。そうしてまた新たな気持ちで、つぎのプロジェクトにとりかかることにしています。このやり方だと、仕事にもパートナーにも、いつも新鮮な気持ちで接することができるようです。

印刷会社のせがれに生まれ、小さなころから職人というものをたくさん見て育ったせいか、わりと早くから私は、自分がどうも職人には向いていないことに気づいていました。アイディアはいろいろと出てくるのですが、どうも不器用なのです。ひとりで自分の世界を探求し、独自の表現にまでたどり着くアーティストというものに憧れる気持ちもありますが、ひとりではほとんどなにもできない人間です。しかし、人と組んだときにはおもしろいことができるという、そういうタイプらしいのです。

ですから、私にとって重要なのはパートナーです。よいパートナーにめぐりあえると、相手の協力を得て自分の持ち味を十二分に発揮できるのです。

一方、パートナーとしていっしょに仕事をしている人たちを思い浮かべてみると、そこにはある共通点を見出すことができます。それは、専門家でありながら、専門家の枠からはみ出したがっている人たちだということです。自分の専門の仕事も立派にこなせるのだけれど、そこにとどまらず、さらに「なにか」で自分を変えようと思っている人たちです。宮川久さんもそうです。宮川さんにとって家づくりは本業の仕事ですが、私にとってはそうではありません。言ってしまえば、私には「道楽」のようなものなのですが、宮川さんは、そんな素人の道楽にもつきあってしまおうという遊びごころと幅のある人でした。

この遊びごころこそが、創造性の源だと私は思っています。好きでその職業を選んだ場合でも、長い年月のあいだには、なぜその仕事が好きだったかを、人は往々にして忘れてしまうものです。いつのまにか自分自身に枠をつくり、テクニックは磨かれる反面、秘めたる創造力を錆《さ》びつかせていき、気づいたら毎日の仕事が色褪《あ》せた単調なものになっています。でも、それに飽きたらない気持ちが眠っていて、枠を超えて自由に仕事をしたいと、こころの内奥では訴えています。過去の実績だとか、業界の常識だとかいう他人の評価がたびたび大きな足かせとなって、枠を超えることをはばみます。その枠は、自分自身が設けているのかもしれません。これを専門家の「業」と呼ぶのでしょう。

遊びごころとは、この枠をとり払えたときのこころもちを指すのではないでしょうか。そして、この遊びごころの行きつく先が道楽だと私は思います。

私には今、たくさんのパートナーがいます。なかでも、つぎに紹介するお二人は、仕事とも趣味ともつかないことのパートナーなのですが、まさしく私の道楽の道連れです。

●道楽のススメ――「創作掛軸」と「見立てモノ」

山富さんという表具屋さんの山田敏昌さんは、私の掛軸づくりのパートナーです。じつは私は五、六年まえから掛軸づくりに凝っています。掛軸に興味をもったのは、今から二十年以上もまえにさかのぼります。

あるとき、美術雑誌を見ていたら、偶然、一本の掛軸に目がとまりました。それは、名のある日本画家や書の巨匠の作品などではまったくありませんでした。近代美術の画家パウル・クレーの抽象絵画を用いた掛軸だったのです。クレーと掛軸という意表をついた組みあわせにも驚きましたが、なによりその作品はとても魅力的で、私の目は釘付けになりました。なんというか、禅画以上に禅的な精神性を感じ、同時に、この自由な発想にとても好感をもちました。それが、私が掛軸に興味をもつようになったきっかけです。

現代美術が好きだった私は、何人かの知りあいのアーティストに「掛軸をつくってみましょうよ」ともちかけてみたこともあります。ですが、そんなことに興味をもつ人は、だれもいませんでした。そうか、プロはやっぱり興味をもたないのか。それならいっそのこと、いつか自分でつくってやろうと思い、ひそかに機会をうかがっていました。

あるとき知人から、清水さんなら好きだろうと思ってと、大量の古布をもらいました。そこには魅力的な柄や素材がいっぱいあり、私は飛びあがるほど喜びました。贈られたその古布を素材に使って、私は本格的な掛軸づくりを始めたのでした。たくさんの古布のなかから柄や色を選び、フォルムを切り抜き、絵の配置を決めていく作業はなかなか楽しいものです。

自分の仕事場であれこれと試作を重ねていると、横から妻も口を出してきますし、いつも飲みにやってくる仲間たちも、(好き勝手な)意見を言います。そうやって、これまでに百本くらいも製作したでしょうか。かなり気合いを入れた渾身の作もあれば、平凡なものもあり、またユーモアたっぷりのお遊びの作品もあります。道楽なのですから、なににとらわれることもなく、気にせず自由に遊べばいい。それこそ「道楽」と二字だけの掛軸もつくって、しばらくは事務所の壁に垂らして悦に入っていたこともあります。

しだいにちょっとした個展を開くようになりましたが、(自分で言うのもなんですが)なかなか好評で、使い古した布や帯や着物などを素材とした創作コラージュ掛軸が、けっこう売れてもいくのです。個展では、神妙な顔つきで見ていく人や笑顔が絶えない人など、反応はさまざまです。忘れられないのは、たしか会津若松市での個展だったと記憶していますが、ひとりの年配の女性が「道楽」の掛軸を指さして「あんた、ホントにたいした道楽者だわ」と大笑いしたことです。

こんな私の掛軸の表具をしてくれているのが、山富さんです。私は掛軸の「絵」はつくれても、それを掛軸に仕立てることはできませんから、プロの表具屋さんを捜したのです。そして出会ったのが、山富さんでした。山富さんは最初、私のことを相当へんな人だなあ、と思ったに違いありません。掛軸の仕事というのは、多くが修理や補強などの手直しなのだぞうです。そんな掛軸屋さんに、見たことのない男が、着物の切れ端と言葉を組みあわせてもってきて、掛軸に仕立ててくださいと言うんですから、驚かないほうがふしぎだと思います。しかし一方で山富さんは、これはおもしろいかもしれない、という直感を抱いたそうです。そうして、初対面の私の話を聞いてくれ、実際に掛軸を仕立ててくれたのでした。

表具を頼みにうかがっては、少しずつ話をするようになりました。そしてあるとき山富さんは、こう言ったのです。「じつは、私も新しい掛軸というのを創作してみたいと思っていたんだよ」と。私たちのあいだにあった門外漢と専門家という垣根がスッと消え、山富さんは私にとって一気に近しい存在となりました。それからは、掛軸のことで山富さんのお宅を訪ねるたびに、長いこと掛軸談義に話の花が咲くようになったのです。私と山富さんは、掛軸の共同作品をつぎつぎと生みだしていきました。

掛軸づくりをきっかけに古布に触れることが多くなると、私は以前から好きだった古いものにいっそう興味をもちはじめました。古いものと言っても、いわゆるお宝と呼ばれる骨董などではありません。好きなのは古い家具やもう使われなくなった民具など、生活のなかで使われてきたモノたちです。私はこういうモノたちが大好きで、そこにはなにか、長い旅を経てきたものだけがもつ、味わいや手応えのようなものを感じるのです。自分の身を削り相手の役に立ってきたモノは、みずからをことさらに主張しないことがかえって魅力となっているように感じられます。

私はしだいに、そのモノが使われてきた価値に、こころを魅かれるようになっていきました。そして不用とされ、見捨てられたモノたちにもう一度光を当てて命を吹き込んでみたい、と思うようになりました。それも、今度は使うだけのモノとしてではなく、飾れるモノとしてです。そんな思いでつくりはじめたのが「見立てモノ」なのでした。

「見立てモノ」とは、じつはなんのことはない、古い道具類の一つひとつをなにものかに見立て、手を加え、さらに見立てたものに似せ、しかも鑑賞にたえるように美しくリメイクしようという、やっぱり道楽のようなお遊びです。それも、あたかも現代アートのような作品へと変貌させようという壮大（？）な遊びなのですから真剣です。遊びのおもしろさは、どうやらこちらの本気さと比例するようです。その道具への愛情やこだわりが「見立て」の成否にかかわってくる、ということが見えてきます。

この「見立てモノ」づくりの私のパートナーが、川瀬潤一さんという陶芸作家です。二人でこれまでにずいぶんと作品をつくって遊びました。たとえば「ふるいの花立て」。これは、ふるいに二本の足をつけてうるしを塗って花立てにしたものです。野の花を飾ると、とてもよく似合いました。また「せんばこき山」というのもつくりました。稲のもみをふるい落とすせんばこきを、山に見立てて額を付けたものでした。なかなかにユニークな作品で、けっこう人気がありました。それから「菓子型のモニュメント」。これは、実際にお菓子づくりに使われていただろう菊模様の対の菓子型に、銀と黒の色を塗って壁掛けにしたものです。事務所に飾って眺めて、楽しんでいます。ほかにも、大きな糸車を見つけてきて、それでテーブルをつくったり、かつて豆叩きとして使われていた道具をアレンジしてオブジェをつくったりと、自由に発想をふくらませて川瀬さんと楽しんでいます。

近ごろはこの「見立てモノ」でも二人で作品展を開いているのですが、やはり買い求めてくださる人がいます。これもまたおもしろい現象だな、と思います。川瀬さんのセンスのよさもさることながら、私が感じるのと同じように、古い道具たちのもつ、あたたかくて深い味わいを好きな人たちが、たくさんいるということなのでしょう。「ふるいの花立て」はお茶の先生が買ってくださいましたし、「せんばこき山」を気に入ってくれたのはミュージシャンの人です。実際に起きていることを考えてみると、どうやら道楽というのも、それを突きつめていくと仕事になることもあるのだなと、そんなことを思ったりもするのです。

●仕事が趣味のように楽しかったなら

宮川さん、山富さん、川瀬さん。私の道楽（仕事？）のパートナーである彼ら三人と私との共同作業は、たんなる足し算ではありません。パートナーを得て、お互いが感応していくのです。仕事を続けていくうちに、パートナーが変化していくのがわかります。そこから新しい価値、今までにないものが生まれてくる。それが共同作業のおもしろさです。

たとえば、「見立てモノ」の川瀬さんはモノづくり職人として、まったく新しい境地を切り拓いていったのがわかりました。じつにイキイキとして、遊びごころあふれる作品を生みだしつづけています。

宮川さんは岡本邸の仕事を終えたあと、家づくりへの思いをまとめたコンセプト・ブックなるものをつくりました。そこで宮川さんは、じっくりと対話をしながら、ゆっくりと時間をかけてていねいに家をつくることを提唱し、そのような家のつくり方をみずから「スロー・ハウス」と名づけました。

「ゆっくりと　時間をかけてていねいに家をつくろう　ふるさとになる家をつくろう　ずっと愛していける家を　人がつくった夢をもらうのではなく　だれかと比べるのではなく　自分の意志として　自分の生き方の家　そんな家がスロー・ハウスです」。宮川さんのコンセプト・ブックに記されている「スロー・ハウス宣言」です。彼の手がける「スロー・ハウス」はたいへんに評判がよく、遠く九州などからも仕事の依頼が来るようになったとうかがっています。きっとこれからの家づくりの、ひとつのお手本となっていくように思います。

いちばん大きく変化したのは山富さんです。山富さんは「じつは、私も創ってみたかったんだよ」の言葉どおり、自分でも創作掛軸を手がけはじめ、展覧会まで開くようになりました。今のところ山富さんは、創作掛軸の世界において、ただ一人の私のライバル（?）です。

真剣に遊ぶ、ということを続けるうちに、彼らは、みずからの専門領域の枠を超えた新しい創造にチャレンジすることを通して、仕事のおもしろさにふたたび出会ったように見受けられました（もちろん、今までもいい仕事をしてきた人ばかりですが）。

仕事というのは、自分の分身のようなものです。自分そのもの、とも言えるでしょう。それなのに私たちはその仕事を、油断するとすぐに、みすぼらしいものにしてしまいがちです。

私はいつだったか、冬に近所の潟で釣りをしている人を眺めていたことがあります。釣りをしない私にとって、凍える寒さのなかで飽きずに釣り糸を垂れる人の心境は、推しはかることができません。よく続くなあ、よほど好きなんだなあ、と感心するばかりです。

しかし、これが仕事だったらどうだろうか、と私は考えました。とたんに目のまえの釣り人は寒さを苦痛に感じることだろう。釣果という数字に追われ、いつ釣りをやめてもよいというこころの自由も失ってしまう。もしかすると、真剣な釣りが適当な釣りに変わってしまうかもしれない……。

「人は仕事には妥協するが、趣味には妥協しない」という言葉をどこかで聞いたことがありますが、けだし名言だと思います。そう思うとき、つくづく仕事というのはやっかいな性質のものだなあ、と感じます。そして、こう思わずにいられません。仕事が趣味のように楽しければいいのに、道楽のようにおもしろければいいのに、と。

きっとだれもが、楽しく仕事をしたいと願っています。でも多くの人は、いつかどこかでそれを諦めてしまい、また、仕事への情熱を失っていくことすらあります。そうして、楽しく自由に仕事ができるのは、なにか特別な才能をもった人だけだと思いなし、自分との折りあいをつけるようになるのでしょう。

でも、ほんとうにそうでしょうか。もしそうなら、仕事で必要なのは忍耐力（それと気合い！）ということになり、多くの人は一日の大半を砂を噛むような気持ちで過ごさなければなりません。これでは人生は、ほんとうにつまらないものになってしまいます。私は、仕事を楽しいものに変えることは、きっとだれにでもできることだと思っています。

みずから仕事をおもしろくすることに出会った人たちを、幾人か紹介したいと思います。「特別な人」はだれもいません。みんなごくふつうの人ばかりですが、隠れていた自分の創造性を見つけることに成功し、まわりの人の役に立つ喜びに出会った人たちです。

〈一人一研究〉でだれもがクリエイター

●印刷職人・星田くんの、彼しか出せないセピア色

私がかつて印刷会社を経営していたことがあるのは、すでに記したとおりです。博進堂という、新潟市内に本社のある従業員二百人ほどの会社でした。学校アルバムの製作が中心の会社でしたが、私が社長となってからは印刷美術（プリンティング・アート）をみんなでめざそうと目標を掲げ、美術書の出版にまで事業の領域を広げていきました。今ふり返っても、だれにでも誇れる印刷物をつくる会社にしようという熱気が社内に満ちていたものです。

この印刷工場に、星田くんという若い印刷職人がいました。星田くんは気のいい好青年で、とてもよく働いてくれました。彼は長年、印刷工場で働いているうちに、セピア色を美しく印刷することに興味をもちはじめたのです。

セピアは四色分解のカラー印刷と違い、特色刷りといって、何色かのインクを絵の具のように混ぜあわせたインクで紙に印刷をします。お客様からの受注はそれなりにあるのですが、印刷するには多くの経験と技術を要する、なかなかむずかしい色なのです。ちょっと赤が入りすぎると野暮ったくなるし、逆に黒が多いと今度は重くなります。この練り上げたインクを、インクの油と水の反発を利用して刷るのがオフセット印刷です。刷り上がりは、水の量にも大きく左右されます。さらに、刷り上がって時間が経つとともに色が微妙に変化していきます。

こんなふうに、印刷とはまさに職人芸なのです。そんなやっかいな仕事を、星田くんはむしろおもしろがってさえいました。彼の刷るセピア色は、お客様に好評でした。しだいに受注が増えていきます。営業マンが得意先から持ち帰ってくるお誉めの言葉は星田くんの励みともなり、彼のセピア印刷研究はいっそう熱が入って、ますますよいものを刷り上げるようになっていったのでした。

ある日の、社内での打ちあわせでのことでした。

セピア印刷の受注が増えているので、いっそのことセピア色のインクを、インク会社に特注してつくろうという意見が出されました。そのとき私が「〈博進堂セピア〉という名前にしましょう」と言ったところ、星田くんが「社長。名前は〈星田トーン〉にしてください」と言ったのです。私たちが〈星田トーン〉のほうを採用したのは言うまでもありません。〈星田トーン〉は、彼が自分独自に追求した世界です。どこにもない、オンリー・ワンの世界と呼んでもいいでしょう。彼は、セピア色印刷という手間のかかる地味な仕事をいとわず、むしろ興味をもって取り組んでいるうちに、独自の自己表現へと深めていったのでした。

●●社内一地味な部署を一発逆転させた真矢さん

博進堂時代のことをふり返ると、このようなエピソードをほかにもたくさん思い出します。山田真矢さんが最初に私を驚かせたのは、入社試験の面接でのことでした。

どんな仕事が希望ですか、とたずねた私に向かって、彼女は「できればいちばんきびしい部署に入れてください」と言ったのです。理由を聞くと、放っておくと自分に甘い性格なので、きびしい上司の下で働きたいとのことでした。このかわいい女の子は、一見もの静かそうに見えるけれどただ者ではないぞ、と感じました。そこで、あえて彼女を社内でもいちばん地味な部門へ配属したのです。

印刷には製版という工程があります。できあがった最終原稿を四色分解して、印刷用の版を製作する仕事です。もちろん、印刷の工程ではなくてはならない部門ですが、営業のように日々だれかに出会うわけでも、企画のように創造性を問われるわけでもなく、また印刷機の職人のように刷り上がった作品を目にできるわけでもありません。ただ黙々とスキャナーで色分解をして、印刷機に取りつける版をつくっていくのです。勝手な推測ですが、病院ならば透析室での仕事に似ているのではないかと思います。だいじな仕事なのですが、単調さを免れないのです。私は真矢さんが、ここでどんなふうに仕事をするのか興味をもって見守ることにしました。

彼女は毎日、同僚とともに仕事を続けていましたが、ある日、私に「製版室にも一台コンピューターを買ってください」と言ってきたのです。当時、パソコンはかなり高額な機器でしたが、私は社内に積極的に導入を始めていました。パソコンはのちに営業・経理・企画・工程管理などで大活躍してくれることになるのですが、真矢さんの部署にはまだパソコンが入っていませんでした。私は製版にもパソコンを導入することを認めました。

しばらくしてから、真矢さんが報告書を手に持って私のまえに現れたのです。それは、スキャナー一台ごとの「決算書」でした。彼女は製版の原価を独自に割りだし、一日につくる製版の数を記録し、そこにかかる時間と人件費を加味して、一台のスキャナーが一か月にどのくらいの利益を上げているのかを、コンピューターを使って資料としてまとめ、それを持ってきたのでした。彼女がひとりで利益管理システムをつくったこともさることながら、彼女の、仕事をおもしろいものに変えていこうとする姿勢に私は感動しました。

また、自分でそれをつくっただけではなく、同僚みんなが使えるシステムに仕上げたことで、単調だった製版の仕事がそれ以降、一変しました。みんな一日の作業を終えると、自分が今日一日どんな価値を生みだしたのか知りたくて、すぐにコンピューターに向かうようになったのです。

私は、パソコン・ユーザーによる全国コンテストに彼女を送りだしました。このユーザー・コンテスト（「はーとうぇあ大会」といいます）の参加者は、大半が中小企業の経営者か、あるいは管理職の人たちで占められています。そこでの彼女の発表は、文字どおり拍手喝采で迎えられました。これは今でも、私の誇らしい思い出です。

じつはこの製版室へのコンピューター導入の裏には、愉快なエピソードがひとつ残されています。パソコンは当時、一台百万円以上する高価な道具でした。それでも、私は製版室にパソコンを入れることにためらいはなかったのですが、経理の人が簡単にはウンと言いません。そして小林えり子さんという、当時私が全幅の信頼を寄せていた経理担当の女性が、私にこう言ったのです。

「私の見たところ、社長のパソコンがいちばん動いている時間が少ないですね。この室《へや》の社長のパソコンを真矢ちゃんにあげてはどうですか」

そして、言葉に窮している私を尻目に、さっさと社長室のパソコンを製版室に運んでいってしまったのでした。私は苦笑せざるをえませんでした。しかし、こういう社員がいて、お互い自由に意見を言いあえる関係をもてていることが、とてもしあわせに感じられました。

●同僚の垂涎の的、藤田さんの手製ゴミ箱

私は、父の急死で二十六歳のとき、突然社長になってしまったのですが、じつは最初、印刷という仕事があまり好きではなかったのです。というのも、印刷会社というのは残業がとても多く、実際のところたいへんな職場だったからです。私は日々思いました。社員は一日の大半を仕事に費やしているのに、それがただ苦しい、単調な時間であってもよいのだろうか。なんとか仕事の時間を有意義な、できれば楽しいものに変えていきたい。そのために自分は経営者としてなにができるだろうか……。

このときの自問自答が、今でも私の行動や思考の原点となっているのだと思ってます。そして印刷会社の仕事も、自分なりにイヤなところを工夫して変えているうちに、だんだんと好きになっていったのでした。

会社の仕事をおもしろく楽しいものにするために、さまざまなことをやってみましたが、

その取り組みのひとつに「一人一研究制度」というのがありました。これは戦前の青年団運動からヒントを得て社内で始めた制度です。社員一人ひとりが、なんでもいいから研究テーマを決めて、一年間その研究に取り組む。内容は、こんなことが研究の対象になるかな、というようなささいな、身近なことで一向にかまいません。毎日の仕事に発見を見出し、新鮮な気持ちで日々を送れたらという願いをこめて発足させた制度ですから、むしろささいなことのほうがいいのです。

たとえば、ゴミ箱の研究をした人がいて、どうすればゴミ箱の使い勝手がよくなるか、どんなゴミ箱が自分の職場にもっとも適しているのかをじっくりと考えました。すると、そこにはたかがゴミ箱とはあなどれない気づきや発見が待っているのです。ゴミ箱の研究をしたのは藤田誠一さん、彼は制作部門で働いていました。藤田さんは中学を出てすぐ博進堂に入られた方で、口べたで朴訥《ぼくとつ》な人柄です。とても手先が器用で、その持ち味を活かして、彼は自分たちの部署にいちばん適した形のゴミ箱を研究していきました。

制作部門というのは、ゴミがたくさん出るところです。それも、床が汚れるというよりも、フィルムの切れっ端などが作業机の上にすぐにたくさん溜まります。だから制作の人は、しょっちゅう両手でフィルムの切れ端を集めてゴミ箱に捨てるという作業を、くり返さなければなりません。

藤田さんはまず、ゴミ箱の高さを机と同じにすることを思いついたのでした。背の高い段ボール箱を机とほぼ同じ高さに切って、それをゴミ箱にしました。つぎには、片側を斜めに少し高く改良して、机の上のフィルムくずを手箒《てぼうき》で流し落とせるように工夫しました。これは使い勝手がよく、たいへんに便利でした。藤田さんはさらに改良を続け、今度はゴミ箱の下部分を引き出し型にしました。溜まったフィルムを捨てるときは、この引き出しを取り出せばよく、大きな箱を持ちあげてゴミ箱を空にする必要がなくなったのです。

今では巷《ちまた》にさまざまな便利グッズがあふれていますが、藤田さんはひとりで、自分の職場用の究極のゴミ箱を考案したのでした。藤田さんのゴミ箱は制作では垂涎（？）の的でしたから、この制作作業用ゴミ箱を藤田さんは同僚全員につくってあげました。

この一人一研究は、一年に一度、研究発表会を開催します。私はこの日がとても楽しみでした。それぞれが異なる研究題材に取り組んでいるのですから、優劣というものがありません。人間というのは比較をとり払うと、ずいぶんと創意にあふれ個性的なものなんだなといつも感心しました。そして、いわゆる立派な研究ばかりではないので、ユーモアにあふれていました。また普段はあまり表に出ない、控えめで地味な人柄の社員や、裏方として会社を支えてくれているような人にもスポットライトがあたるのが、私はたいへんうれしかったのです。藤田さんなどはまさにそのような人でした。

●パソコン苦手の営業マン・武田くんのみごとな情報処理

この一人一研究で脚光を浴びた（今だとブレイクした、と言うのでしょうか）社員のひとりに、武田良孝くんという営業マンがいました。武田くんは東京支社で働いていました。入社してすぐに営業マンとして働きはじめたものの、一年めは顧客の新規開拓が一件もとれなくて、そのころ強い挫折感を味わっていました。また、彼はパソコンが不得意でした。同僚の営業マンがみんな操作をマスターしていくなかにあって、ここでも彼は劣等感を味わっていたようでした。

ある日、私が東京に出て、彼といっしょに車で得意先まわりをしていたとき、彼がこう話しはじめました。

「ぼくはずっとパソコンが使えなかったのですが、あるときふと思いついて、こういうことを始めたんです。お客様からいただいた情報（たとえば見積もりをつくったとか、仕事が出そうだというようなこと）を、とにかくパソコンに入力するんです。いつ、どこの会社で、いくらくらいの仕事が出そうだ、というホントに基本的な情報ばかりなんですが、ひたすら入力しておいて、あとでその情報を並べかえます。そのときに、粗利が大きそうな仕事の順に並べかえて、それに従って営業活動をしてみたんです。そして集中的に足を運んでみたら、やっと新規の仕事がいただけたんです」

私は武田くんの話に驚きました。コンピューターの使い方としてはほんとうに初歩的なものですが、処理した情報と彼の行動が直結していたからです。情報が生きている、と感じました。

「武田くん、すごいよ。プログラムを巧みに使いこなすことよりすごいよ」

そう言われても、彼はピンと来ないようでした。

「え？　これがすごいですか」と言います。それもそのはずです。彼はなかなか実績があがらなくて、いつも落ち込んでいたのですから。

東京支社に戻ると私は、ほかの社員のまえで武田くんのことを話しました。これこそコンピューターの生きた使い方だよ、と。すると、社員のひとりがいたずらっぽく笑いながらこう言うのです。

「社長。武田くんのそのフロッピーになんて書いてあるか知ってますか」

もちろん私は知りません。

「『犬の耳』って書いてあるんですよ。犬のように歩きまわって集めた情報だからなんだそうです」。さらに続けて、「彼にはもう一枚だいじなフロッピーがあるんですよ」と言います。

「それはなんというか、わかりますか？」

「わからないなあ。教えてよ」

「『猫の手』っていうんですよ。お客様からのクレーム情報が入っているんです。で、ここがミソなんですが、今度は粗利順じゃなく日付順に並べかえてるんですよ。そしてその順番に処理をしていってるんです。それで、猫の手も借りたいをもじって『猫の手』なんです」

私は、これは抜群におもしろいから一人一研究で発表しようよと、武田くんにもちかけました。コンピューターが苦手な営業マンによる、コンピューターの使い方研究です。彼は自分がたいしたことをしているとはまったく思っていないものですから、最初は返事を渋っていたのですが、それでも研究発表をすることにしました。

もちろん、この武田くんの発表は大好評でした。そして翌年、武田くんの工夫は実を結び、新規開拓において大きな実績をあげたのです。

これにはちょっとした後日談があります。発表会を見学にきていた取引先の社長さんがこう言うのです。「清水さん、彼にもう一枚フロッピーをつくらせたらいいよ」。

なんというフロッピーですか、と私が聞くと、その方は「『熊の手』というフロッピーだよ。売掛金回収のデータ・フロッピー。そうしたら完璧だ」と大笑いしたのでした。

こんなふうに、私は実際の仕事のうえでも、この一人一研究制度にずいぶんと助けられました。この一人一研究は、題材が仕事と直接関係がなくても一向にかまいませんでした。仕事をおもしろくするために始めた研究会ではありますが、まずなによりも、創意工夫を生みだす精神を育むことが先決ですから、自分が楽しい、おもしろい、と思えるものであれば「研究対象」として認められていました。そして現実にはご紹介したように、仕事を大幅に改善するような研究成果が数多くうまれました。

●お年寄りを元気にするヘルパー・松野さんの特製介護用品

私はこの一人一研究を、まちづくりにも応用してみたことがあります。1章に登場した安塚町で、町役場の一人一研究というのを実施したことがありました。これもじつにユニークな研究発表会だったのですが、このときの発表会に松野スズさんというホーム・ヘルパーの方が参加されました。この松野さんの研究発表が、とてもすばらしかったのです。

松野さんは、お年寄りの話をよく聞くヘルパーさんでした。話を聞くだけでなく、歌を歌ってほしいと頼まれれば歌いもする、相手の身になってあげることができる人です。松野さんは訪問先のお宅で、お年寄り一人ひとりからじっくり話を聞くのだそうです。そうすると、それぞれのお年寄りにそれぞれの悩みがあることがわかります。足の不自由な人、手が思うように動かない人など、人によって不便していることはさまざまです。松野さんは、そのお年寄り一人ひとりのための介護用品を、得意な縫い物でつくっていったのでした。

最初は、特製の前掛けでした。自分でご飯を食べるとこぼしてしまい、衣服を汚すので、家族やヘルパーさんが介護して食べさせているうちに、どんどん手の機能が衰えていった方のためにつくったものでした。こぼしても大丈夫な工夫をした前掛けをつくって、安心して自分で食べられるようにしたのです。

つぎには、トイレに座るまでにオシッコをもらしてしまう方のために、特別な衣服（腰巻きのようなものです）を縫い、しゃがめばすぐ用が足せるようにしました。おもらしをすることで気を落としていた方が、気持ちも元気になったそうです。さらには、自分で頭が洗えるようなシャワー・キャップや、お年寄り用の使いやすいオムツ、床ずれ防止用の器具など、松野さんはつぎつぎと独自の介護用品を考案していきました。

安塚町役場の一人一研究発表会は五年ほど続けたと思いますが、毎年の松野さんの研究報告は、ほんとうに感動的なものでした。この松野さんの介護用品研究が県の社会福祉協議会の目にとまり、さらには介護用品をつくっている会社の目にとまるようになります。

あるとき、介護用品メーカーが松野さんを訪ねてきました。松野さんの研究の数かずをぜひ商品化したいので、許可をいただけませんかとのことでした。そのとき松野さんはこう言いました。

「どうぞ私のアイディアを使ってください。でもそのかわり、値段を安くしてあげてください」

松野さんは数年まえに退職され、今はご自分の家族の介護をして暮らしています。私は松野さんから、役場を退職後に一通の手紙をいただいたことがありました。そこには、こんな内容のことが書かれていました。

自分は今、家族の介護をしながら、近所のお年寄りに縫い物を教えています。子どもや孫に贈るぬいぐるみなどもつくっています。それでずいぶんと喜ばれています。縫い物のおかげで、すぐに人とも仲よくなれます。私はあのとき一人一研究で仕事のおもしろさを見つけたおかげで、どこにいっても楽しく暮らすことができるようになりました。……

●労働を〈快労〉に格上げするために

仕事を苦労が多くてつまらないものから、実りが多くて楽しいもの（私たちは「快労」と呼んでいます）へと格上げしてきた人たちを、私自身の体験もまじえながらご紹介してきました。どれも、特別な才能をもった人が特別な仕事を成しとげたというような、いわゆる成功物語ではありません。だれもが明日、「私もなにか工夫してみよう」と思い立てば、すぐにでも真似できるようなことばかりだと思います。私は掛軸づくりや見立てモノのような遊びだって、だれでもできると思っています。俳句や短歌をつくって楽しむ人が大勢いるのと変わりありません。「だれでもできる」は、私のいちばん根底にある信念のようなものです。

仕事のなかに自分の価値を見出すことができて、さらにまわりの人にも役立っているという自覚をもつことができたら、仕事はおもしろく楽しいものに変わりはじめるようです。そうすると、新しい試みや工夫が自然と生まれてくるのだと思います。ひとことで言うと、喜びを感じはじめたら、仕事は辛いものから楽しいものへと変わっていくのではないでしょうか。こころに感ずる喜びの量によってしか、人はほんとうには動かないもののようです。

このことを、「心価」という言葉に表した人がいます。大和信春さんという方で、「物価」に対して「心価」という概念を提示しています。ここで詳しくふれることはできませんが、江戸時代の藩政改革の書『日暮硯《ひぐらしすずり》』を研究することによって、このことに気づいたそうです。大和さんは著書『和の実学』のなかで、今の私たちにとって（というより今だからこそ）とても参考になる考え方だと述べています。私も同感です。

人びとはもう、モノへの欲求だけでは動きません。モノだけではもう満足できないということを、だれもが内心よく気づいてしまっているのだと思います。物欲そのものを否定するわけではありませんが、そこにほんとうに心価を見出せるだろうかと、多くの人がみずからに問いかけはじめているのではないでしょうか。

これからは今まで以上に、自分はなにをしたいのか、なにがほしいのかを自分自身に問う世の中になるように思います。それは私たちにとって、とてもよいことなのではないでしょうか。

そんな生き方を、もうずっと実践しているひとりの友人がいます。バブル景気のまっただなかも、彼は今となんら変わらない生き方をしていました。「ぼくは世の中にとり残されているから」と本人は言いますが、とんでもありません。私はいつも、彼の生き方から多くを学ばせてもらっています。つぎにご紹介したいと思います。

山、牛、大地とともに悠々自適の貧乏生活

●営林局をあっさり辞めて農業家に

北海道新冠《にいかっぷ》町の若園というところに松本健・恵津子さん夫婦は住んでいます。国道を離れ、日高山脈へ向けてまっすぐに走ると、しばらく経たない間に家も減り、すれちがう車も少なくなります。二十キロばかり山に向かって走ったあと、脇道に折れ、車で急な坂を登ります。登りきると突然、目のまえに美しい牧草地帯が広がります。高台は一面の緑で、その風景のなかに古い木造の民家（ほんとうに古いのです）がポツンと建っていて、そこが松本さん夫婦の住まいです。

私は年に一、二度ここを訪れ、すばらしい大自然の景色を満喫したあと、松本家におじゃまして、懐かしい黒光りのする板張りの茶の間で、ご夫婦と話をするのをなによりの楽しみ

としています。冬には、昔ながらの薪ストーブを囲んで語らうのですが、時間が経つのを忘れてしまい、いつも飛行機に乗り遅れそうになって慌てる始末です。妻の恵津子さんが、こころづくしのおやつをお茶とともに出してくれ、どうしてここで食べると、なんでもこんなにおいしいのだろうかと、いつも感動してしまいます。

貧乏な（失礼！）松本さんのところでは、高価なものや贅沢なものはなにひとつありません。しかし、春には山菜、初夏はアスパラ、秋にはジャガイモやトウモロコシなど、北海道ではありふれたものばかりがほんとうにおいしいのです。笑顔で語りつづける松本さんの横で、私はいつも、至福とはこういうことかという気分にひたるのです。

松本健さんは札幌市の出身で、趣味の山登りが高じて営林局に就職しました。毎日、山に入れるわけですから、ふつうであればこれでなんの不足もないはずですが、松本さんは、やっぱり仕事で登る山はつまらないと、あっさり営林局を辞めてしまいました。その後、仲間とロッジを共同で経営したこともあったのですが（これは失敗しました）、一九八〇年、離農した人の土地をゆずりうけ、今の土地に移り住み、農業の道を歩みはじめました。と言っても、ふつうの農家とはかなり変わった農民の誕生です。

まず、その土地に住むことになった経緯がふつうではありません。松本さんが現在、住んでいる土地は、もともとは炭焼きのおじいさんが住んでいました。しかし、歳とともに仕事もたいへんになり、土地を買ってくれる人を探していました。でも、なかなか買い手が見つかりませんでした。というのも、この土地は起伏に富んでいることに加え、沢が三本も流れていて農作業には適さないからでした。農地というのは当然ながら、平らなほうが利用価値が高いのです。土地を手離したがっているのだが買い手がつかなくて困っている人がいる、という噂を聞きつけて、松本さんはそのおじいさんに会いにいきました。

「あんたが欲しいなら安く売ってやるぞ」と言われたので、松本さんはありがたい、と喜びました。「でも、条件がある」と、おじいさんは続けました。

「おれの葬式を出してくれ。それだけ約束してくれたら、あんたに売ってもいい」

おじいさんには子どもがいたのですが、みんな都会に出ていってしまい、新冠の山奥に戻ってくるという子どもはだれもいません。かといって、おじいさんも今さら住み慣れた土地を離れ、都会で人生の最後を送るつもりはさらさらありませんでした。条件というのは、土地は好きに使っていいが、自分は今までどおりこの敷地内に住む。だから、なにかあったら老後の面倒をみてくれないかということだったのです。松本さんは、そんな条件をつけられても、ほんとうに「ものすごくうれしかった」のだそうです。なぜなら、そのおじいさんは近隣でもめったにいない知恵袋で、「教わることがたくさんあった」からでした。

こうして松本さんは、おじいさん付きで土地を買い、農業を始めたのでした。

●牛は増やさず、花は眺めるために

松本さんは、あくせく働くということがありません。松本さんにとってだいじなのは、あくまでも山に登ることだからです。そのために彼は、安定した公務員の職も捨ててしまったのですから。それでも生計を立てるために肉牛を飼っていました。きっかり十五頭を、広い牧草地に放し飼いです。あるとき、知りあいの農家の人に言われました。

「松本さんもここに来てずいぶん経つけど、ぜんぜん牛の頭数が増えないねえ」

じつは増えないのではなく、増やさなかったのです。あまり牛の数を増やすとその世話に追われてしまい、山登りに支障をきたすので、家族（子ども三人の五人家族でした）が食べていくのに必要な最小限の頭数しか飼育しなかったのでした。

家のまわりは、百頭でも二百頭でも悠々と牛を飼えるような広大な土地なのに、そこには水仙やひまわり、芍薬《しゃくやく》などをいたるところに植えています。売るためではなく、ただ自分が眺めて楽しむためだけに植えているのです。自称「秘密の花園」には青い芥子《けし》も咲きます。ヒマラヤ原産のこの花は、日本で開花させるのはきわめてむずかしいとされていた花なのですが、松本さんが初めて栽培に成功しました。

そんな松本さんも以前は、苗花を卸して売っていたこともありました。が、早春のある日、花屋さんに出荷を頼まれたので「まだ早いよ。霜が降りたら花がぜんぶダメになってしまう」と答えたら、花屋さんに「松本さん、だから、それで、二回売れるんだよ」と言われ、いやになってあっさりと花の卸しはやめてしまったのでした。

松本さんは最初、牛ではなく豚を飼っていました。その育てた豚を自分で屠畜して、パック詰めにして都会に売っていました。安心・安全な豚肉としてずいぶん好評だったそうです。屠畜したあとの解体作業は、自宅で子どもたちとやりました。茶の間に豚の半身を置き、子どもたちに手伝わせて「ホイッ、足」「ホイッ、肩ロース」と手渡しで袋詰め作業をやっていましたが、そのうち保健所にバレて大目玉を食らい、この家内制解体作業もあえなく終わりとなってしまったそうです。そんなふうに育った子どもたちですから、みんな生きる力はとてもたくましいです。

松本さんのところでは、猫だって生きるのに必死です。絶対にエサは与えません。生きていきたかったらなんでも自分で取ってこい、と外に放りだされています。じつは、飼っている牛も同じ境遇です。ふだんは勝手に放牧されていますし、主人が山に出かけるときは、小屋のなかに入れられ、やはり放っておかれるだけです。「三、四日は黙って文句を言わないように、言い聞かせてある」と飼い主は言いますが、山登りに出かけるために、そう訓練しているだけのようです。

春のアスパラ畑の仕事もすべて手作業です。完全無農薬ですから、畑の草取りも虫退治も、すべては手でするしかありません。ああ疲れた、と奥さんが伸びをすると、松本さんはきまってこう言うそうです。「これはすごくいい手と足の運動になるよ。こうやって仕事をしていれば、ぼくたちは七十過ぎてもらくらく幌尻岳《ほろしり》（日高山脈の最高峰）に登れるよ」。（これを進化と言うべきかなんと言うべきか悩みますが）松本さんの指は、すべてが親指のように太くてたくましいのです。ウドのような山菜を掘るときなど、その指がまるでモグラのように動きます。

松本さんの生活はすべて、ほんとうに自分がしたいことを中心に組み立てられています。そんな松本さんの生き方が、周囲の人たちに影響を与えないはずがありません。といっても、影響を与えて喜ばれたわけではありません。松本さんは一時期「ウイルス」と呼ばれて、（とくに年輩の方から）敬遠されていたのです。その顛末《てんまつ》をお話しします。

●地域の略農家を山登りに誘ったら……

北海道日高地方は競走馬の生産地として有名で、新冠町もナリタブライアンやハイセイコーのような有名サラブレッドを世に送りだしています。しかし、米をつくったり牛を飼ったりしている農家も数多くあります。二十数年まえ、松本さんは新参者としてここの農業者の仲間となりました。農業というのはほんとうに忙しい仕事です。一日中、きりがないくらいすることがあります。新冠の農家の人たちも、やはり忙しい毎日を過ごしていました。とくに酪農家の人たちはたいへんです。牛には盆も正月もありません。また乳しぼりというのは、毎日かならずしなければならない仕事なのです。加えて乳牛はデリケートな生き物です。

松本さんは、「年中、山や花のことばかり考えているぼくとちがって、みんなたいへんだなあ」といつも感心して見ていました。でも、と松本さんは思います。たいへんそうなんだけど、そして自分よりずっと収入もあるのは間違いないのだけれど、楽しそうには見えないぞ、と。自分はたしかにお金も財産もなにも持っていないけれど、少なくともしあわせだ……。そんなことを思っていたそうです。

あるとき、松本さんの耳にこんな話が伝わってきました。酪農家の奥さんが愚痴をこぼしているというのです。うちのお父さんはたしかに仕事は立派なんだけれど、すぐ怒るので困る……。多くの酪農家の人たちにとって、最大の関心事は一日にしぼれた乳量です。この乳量を一リットルでも増やすために、神経を使っています。そして生産量を増やすために、よく乳を出す牛を購入していくのですが、そういう品種改良の進んだ牛は値段も高いので、農家の人たちも気を遣い、余計に手がかかるのだそうです。

松本さんは、一度、酪農家のみんなを幌尻岳の山頂に立たせてやろうともくろみます。それからはことあるたびに、いっしょに山に登らないか、と酪農家の人たちを誘うのですが、牛を置いていけるはずがないから無理、という返事しかもらえませんでした。それでもあきらめないで誘いつづけているうちに、とうとう酪農家の人たちが根負けして、そこまで言うなら一度登ってみるか、ということになったのです。

それからがたいへんでした。初めての山なので、みんなにも道具を持っていません。松本さんは酪農家の仲間を連れて、札幌の登山道具専門店に買い物に出かけました。新品の道具を手にするうちに、しだいにみんなの気持ちも盛りあがっていきます。

いよいよ明日は山に向かうという日、ある人が松本さんにこう言いました。「奥田さんのところへ顔を出してきたけど、ご主人、新品の登山靴履いて牛の乳しぼってたぞ」。

翌日登った幌尻岳は、いつもどおりのすばらしい景色でした。途中の岩々には美しく可憐な花々が咲きみだれ、氷雪が溶けるときにできた七つ沼カールの水は、透明で、底のほうまで見通せるほどです。天然記念物のナキウサギもいます。やっと山頂に立つと、眼下はどこまでも雲海が広がる絶景でした。だれもが初めて見るその景色と、山頂まで来たという達成感に酔いしれていました。

一度、山の喜びを知ると、今度はまた登りたくて仕方がありません。つぎの年も山に登りました。またつぎの年も。ところが、家族から不満が出はじめたのです。妻たちからです。お父さんばかり山に遊びにいって、なんだか人相までよくなって楽しそうなのに、自分たちだけが牛の面倒をみなければならないなんて不公平だ、私たちも同じように楽しい思いをしてみたい、と。

これを聞いた松本さんは、翌年、今度は奥さんたちも山登りに誘いました。登るのはアポイ岳です。アポイ岳は、標高は幌尻岳よりずっと低く初心者に登りやすい山ですが、美しい高山植物が多く咲いていることで人気のある山です。それにアポイ岳なら、朝の搾乳を終えてから出発しても、夕方の搾乳に間にあうように帰ってくることが可能です。ですから留守番も要らず、夫婦で登ることができたのです。

秋のアポイ岳の紅葉は、ほんとうにすばらしいものでした。初めて山に登った女性たちも、やはり自然の美しさに魅了されてしまいました。木々の葉を指さして「私、こういう色の服がまえから欲しかったのよ」と言った奥さんがいて、後日だんなさんがその色の服を一着プレゼントした、といううらやましいエピソードまで、この登山で生まれました。

その後、山に登った酪農家の夫たちと妻たちのあいだで、こんな約束が交わされたそうです。一年交代で山に登ろう。せめて、二年に一回くらいは休みをとって、お互い山に登ろうという約束です。それくらい、酪農家の方は牛をおいて遊びにいくということがありませんでした。

●農家だって休んでいいじゃないか

こうして山登りの楽しさをおぼえて、夫婦のいさかいは解決したのですが、今度はお年寄りたちがブツブツと言いはじめました。最近の若い者は、遊ぶことをおぼえて家を空けるのでかなわん、というわけです。それもどうも、あの男が新冠に来てからまじめに働かなくなったようだ。「あの男」とは、もちろん松本さんのことです。そして、ひとりのおばあさんがこう言いました。

「あの男はウイルスみたいなやつだ。みんなへんな影響を受けて、働かなくなる……」

これを聞いた松本さんは、さすがにマイッタなあと苦笑したそうですが、いっしょに山に登った酪農家の奥さんがこう言ってくれました。

「お父さんもなんだかまえみたいに頑張らなくなって、たしかに乳量も落ちたけど、でも以前よりずっといい。だってお父さんの機嫌がよくなったもの」

酪農家のなかには、乳をたくさん出しても手のかかる牛を手離す人も現れました。いくら乳をたくさん出しても、山に登れないようでは困るのです。みんなそれぞれに、人生で大切にしたいものが少し変わってきたようでした。

松本さんをウイルスと呼んだおばあさんには、後日談があります。

かつて新冠町農協には、酪農ヘルパー制度というものがありました。冠婚葬祭のときや大病をしたときなどに、代わりに牛の世話をするという酪農家同士の互助制度です。あるとき、松本さんと仲間たちは、この制度を利用して温泉旅行に出かけたことがありました。

最初にちょっと触れましたが、松本さんは仲間たちとロッジを運営していたことがありました。ユートピア牧場といって、宿泊施設もありますがそこでは豚を飼ったり、畑作をしたり、採れた作物で加工品をつくったりしていました。楽しくて夢のある事業でしたが、経営はたいへんでした。ある年ビートが売れたので、みんなでトムラウシ温泉に行くことにしました。ほとんど給料もなしに一年間働いてきたのです。そのとき、酪農部門の青年をいっしょに連れていくために、ヘルパー制度を利用したのでした。ところが、レジャーにこの制度を使うとはけしからん、と後日農協で問題になって、その後、ヘルパー制度の利用者も減り、結局、廃止になってしまったのです。

松本さんは、ヘルパー制度の復活を訴えました。それも、理由の如何を問わないヘルパー制度です。息抜きのためにヘルパー制度を利用したっていいじゃないか。こういう制度は本来、農家がリフレッシュして、また明日からの生産のエネルギーを養うためにあるべきだ。

これが松本さんの主張でした。それから長い年数がかかりましたが、国の補助制度も利用して、酪農ヘルパーはみごと復活しました。理由に関係なく利用できるヘルパー制度です。しかも今度は専従のヘルパーがいて、だれもが月に一日は休みがとれるのです。

最初のうちは、ヘルパーが来て休んでいいと言われても、なにをしていいかわからずヘルパーの横をうろうろして、「やりづらくてかなわん」と言われた酪農家の方も多かったそうです。しかし、だんだんと休日の使い方もおぼえてきて、毎年、札幌まで絵画展を見にいく人も現れました。本州から新冠の酪農家に嫁いだ女性で、以前から絵が好きだったそうです。するこ とがないご主人も、いっしょに見にいくのだそうです。

この制度を利用して、家族全員で温泉旅行に出かけた一家がいました。それは松本さんをウイルスと呼んだおばあさんの家族でした。あるとき松本さんは、そのおばあさんに声をかけられました。「牛を飼っているかぎり、息子や孫と旅行に行くなんてことは一生できないと思っていたよ。ほんとうに楽しかった。どうもありがとう」。

●いま・ここを楽しむ豊かさを

松本さんは今も、優雅（？）に貧乏生活を楽しんでいます。ふと気づいて、このごろは毎晩ふかしたイモばかり食べているなあ、と思い、奥さんにそう言うと、「あらお父さん、米なんか一か月もまえからないんですよ、今気づいたんですか」なんてこともあったそうです。うちの女房には「耐貧性」がある、というのが松本さんの自慢です。

その奥さんと二人で畑の草取りに山に行き、手を休めて寝ころぶと、見えるのは大きく広がる空と木々と雲だけです。そうしていると、松本さんには大地から自然の話し声が聞こえるそうです。木々の葉のそよぎや小川のせせらぎに耳を傾け、花や緑の移りかわりを目にして毎日を生きる。「自然は一日としてぼくを退屈させることがない」と松本さんは言います。

今の日本に、こんな暮らしをしている人がいることじたい、私は大きな希望だと思います。松本さんに会うたびにいつも、彼が自分の人生を、ほかのだれともまったく比較していないことに気づかされて、感嘆します。たんに、貧乏だけどしあわせだ、というわけではありません。不必要な情報にふりまわされず、しっかりと自立した価値観をもち、自分のしたいことがハッキリとわかっている。

彼はかつてこう言ったことがあります。「ぼくはホントにふつうの人。ただひとつだけ違うのは、ほかの人なら心配することを、ぼくは心配しないで生きているだけ」。

そう言いつつ彼は、三日と離れたら生きていけないという妻の恵津子さんと、悠々自適の貧乏生活を送っています。

4章

冷たい経済から暖かい経済へ

競争から降りるもうひとつの道

●競わず闘わず商売できる道を探した

便利屋という仕事を多くの人がご存知と思います。日本で初めて便利屋を開業したのは、右近勝吉さんという方です。右近さんはなかなかユニークな経歴の持ち主で、そのいっぷう変わった生き方が『ふうけもん』というマンガ読みものにもなっていますから、名前を聞いたことがあるという人も、けっこういらっしゃるかもしれません。

私は東京でのある講座で右近さんと知りあい、興味をもって、右近さんのところで便利屋修業をさせてもらったことがあります。そのときの仕事は庭の手入れや屋根のペンキ塗りなどが主でしたが、三日間のあいだ右近さんのそばにいて、いろんな話を聞かせてもらうことができました。そこでわかったことは、右近さんが便利屋を始めた二十数年まえと今とでは、仕事の内容がまったく違うということです。

彼が今、いちばん多く頼まれる仕事は、たとえばこんな具合です。「ご飯をいっしょに食べてほしい」「話し相手になってもらいたい」「いっしょに旅行に行ってほしい」……。

かつてなら、だれも仕事としては想像もしなかったようなことばかりです。便利屋を始めたころは、ドブをさらってほしいとか、草刈りを頼みたいとかいった雑用が中心だったのに、あるときから仕事の内容が一変してしまったそうです。

どうやら、これらの注文の根底にあるのは「さびしさ」のようです。人びとの孤独が新しい仕事や産業を生みだしていると言えるでしょう。〈地域の茶の間〉の広がりの根もここにあると思います。私たちは、このような変化をどう受けとめたらよいのでしょうか。

「経済」とは元来、経国済民あるいは経世済民と言い、世の中を治め、人民の苦しみを救うことを意味していたそうです。それがいつのまにか、経済は「商い」と同じ意味になってしまいました。その商いが公益をおろそかにし、自分だけの利益を追う姿勢へと向かったため、世の中のバランスが崩れ、社会の弱いところ、小さいところにしわ寄せが集まる一方になったのだと思います。利益をあげる競争が、あるいは競争して勝つことが、なににもまして賞賛されるという風潮が、冷たくさびしい社会を招いているようです。

「健全な競争」や「自己責任」という大義名分のもとで、お年寄りは孤独な老後を送り、古くからあった商店や工場は姿を消し、人びとは仕事を失っていっています。

私も会社を経営していましたから骨身にしみてわかるのですが、商売というのは放っておくと、自然と競争に巻きこまれてしまいます。この競争には終わりがありません。たとえ一度は「勝った」としても、勝ちつづけるためには、企業も人も気が遠くなるほどのエネルギーを必要とします。しかし、いったい私たちは、なんのために勝ちつづけなければいけないのでしょう。勝つことの目的とは、なんなのでしょうか。一度このことを、立ち止まって考えてみることも必要ではないかと思います。

弱いところにしわ寄せが集まっている現在の事態をみれば、このさき私たちにどんな希望を抱けというのかと、叫んでみたくもなります。しかし、私がこの本で語ってきたことは、それでも（にもかかわらず、と言ったほうがいいでしょうか）十分、希望はあるということです。そしてその希望の光は、まさに私たちの社会が切り捨てようとしている弱いところ、小さいところ、遠いところにこそ射しています。

北海道の浦河町という中央から遠く離れた小さなまちで、社会からの理解を得ることがきわめてむずかしい精神障害者の人たちがつくった、べてるの家はその好例です。

逆説的な言い方ですが、競争で負けたくなかったら、早く競争をやめること、競争に加わらないことを選んだほうがいい。べてるではそれが可能でした。べてるとは、競争しない商売を始めた人たち、闘わない生き方を選ぼうとしている人たちの集まりと言えるかもしれません。彼らには、できないことがたくさんありました。競争（闘い）では勝てっこないので、最初から競争しないで商売をする道を考えるしかありませんでした。

彼らは会社を設立した当初から、全国の仲間の作業所でつくられている商品を仕入れて販売してきました。加えて、今では福祉の世界とは直接関係のない人たちの品々も積極的に取り扱っています。いずれも小さな会社や、ひとりで事業を始めた起業家のようなかたがたの商品で、環境や健康に配慮した良品ばかりです。

互いに助けあう関係を地道に築いてきた結果、全国に支店なるものがいくつも誕生しました。べてるを応援したいという人びとが勝手に支店長に名乗り出てくれて、昆布や本など、べてるの主力商品を販売してくれています。こういうやり方が自分たちにあっているのです。

そんな彼らの現在までの道のりは、おそらく当人たちが気づいている以上に、商売を考えるうえで大きな意味をもっているようです。

彼らの「利益のないところを大切に」「安心してサボれる会社」という商売上の理念（キャッチ・フレーズでもあります）が、世に広く受け入れられるには、まだしばらくの時間が必要かもしれません。でも、効率や能力によって人間が判断され、利益だけで事業の方向性が決定される世の中から、社会的役割や人生の意味によって事業がおこり、その仕事のやりがいに人が集まってくるような社会が始まりつつあると、私は確信しています。すでに、べてるの考えに共感し勇気づけられて、みずからビジネスを始めた人たちがいます。

たとえば、鹿児島の〈萌《もえ》〉の人たちです。〈萌〉はべてると同じく、精神障害者の人たちが自分たちで運営するお店ですが、べてるから学んだことを生かして、地域に密着した商売を始め、大きな成果をあげています。

「下請けはやらない」「地域といっしょに」

鹿児島県川辺町。鹿児島市から車で四十分ほど走った小さな町に、児玉病院という精神病院があります。私がここのソーシャル・ワーカー入料《にゅうりょう》美恵子さんと出会ったのは、一九九四年のことでした。どうすればべてるのように地域のなかに精神障害者のお店をつくれるでしょうかと、入料さんから相談を受けたことがきっかけで、私の鹿児島通いが始まりました。多いときは月二回、新潟から飛行機で鹿児島へ行っていました。

児玉病院は約二百床の精神科専門病院で、授産施設や生活支援センター、グループホームなども運営している、地域にとって少なからぬ影響力をもつ病院です。その児玉病院が、メンバー（患者さん）の働く店をまちのなかにつくりたいと考えていたのでした。

「今まで患者さんたちは、地域のなかで目立たぬよう、精神障害者だとわからぬようにひっそりと暮らしてきました。でも、べてるを実際に見て知って、ここでもメンバーが積極的に地域に出ていき、当たりまえの生活をとり戻そうと思っているのです」。そう入料さんは話されました。

私は入料さんはじめ、児玉病院のみなさんの思いを実現するお手伝いを始めました。

まず、病院の職員と患者さん本人によるワークショップを積みかさねて、意見を出しあい、おたがいのコミュニケーションを深めていきました。北海道のべてるにもみんなで見学に行き、たくさんのことを学び、仲間に励まされました。そして一九九八年九月、有限会社を設立し、みんなのお店〈萌〉をまちの目抜き通りにオープンさせたのです。

萌を運営するにあたり、メンバーはまず、二つの方針を立てました。

ひとつは「下請けはやらない」ということでした。一般的に障害者の作業所というのは、企業から単純労働の作業を請け負ってわずかな賃金を得ている場合が多いのですが、これでは結局、収入が作業効率に依存してしまいます。そうなると、メンバーはなかなか仕事に楽しさを見出せなくなります。そこから出した結論として、下請けで安定した収入をもらうよりも、自分たちで独自の商売を創りあげようということになったのでした。仕事に喜びを見出すことを優先したのです。

方針の二つめは「地域の人のための店をつくろう」というものです。障害者である自分たちのためだけにとどまらず、地域の人たちにとっても意義のある店にしよう、そうすることで、自分たちも地域で生かされていこうと考えたのです。

萌の店内には、手づくりの工芸品やアクセサリー、お菓子、あるいは地元で採れた野菜などがぎっしりと並べられています。これらはみな、近隣に住む人たちの手づくり商品です。値段は、商品を提供しているつくり手本人が決めて、萌はそこから一定のマージンをもらいます。ディスプレイも棚卸しも、つくり手本人にお願いしています。ですからその方たちは、自分の商品の棚卸しのたびに店に足を運んでくれることになるわけです。現在、商品を提供している人が二百人くらいいますので、店はいつも地域の人たちでにぎわっている状況が生みだされました。

喫茶コーナーでは、くつろいで談笑するメンバーと地域の人の姿が見られます。喫茶のメニューも、定期的にワークショップを開いて、みんなで決めていきました。「夏になったらそうめんを出そう」「料理の皿は、お店に焼きものを置いている陶芸の人たちのを使おう」など、アイディアを出して工夫をこらしています。

萌は店の名前であると同時に会社名でもあり、事業としてワークサービス部門を設けていて、病院の清掃や洗車の仕事などをしています。開設してしばらくすると、町からもゴミ回収の仕事を受託できるようになりました。

●弱くて非力だからこそ新しい道を進む

萌に行くと、事務所の壁に手書きの文字で、「頑張らないといけない会社なら萌はいらない！」と大書した社是が掲げてあり、続いてその下に四つの理念が堂々と記されています。

一、コミュニケーションを大切に
二、困ったところを仕事に
三、地域とできるだけ競合しない
四、ないことで人を結び安心をきずなに

べてるから学んだ理念を消化して、さらに自分たちの現実に即して発展させた、立派な経営方針だと思います。

べてるの「安心してサボれる会社」も、萌の「頑張らないといけない会社ならいらない」も、言うまでもなく、みんなでラクしてのんびり適当にやろうということを意味しているわけではありません。自分たちにとって働きやすい職場をつくり、信頼関係で結びついて、仕事を充実した喜びのもてるものにしていこうという願いが込められています。

萌やべてるの成功（＝にぎわい）の秘訣は、その「弱さ」にあります。べてるが「紙オムツ一個からでも宅配しよう」と言い、萌が「効率で賃金が決まってしまう下請け仕事はやめよう」と決めたそれらの方針は、いずれも自分たちの「非力」を直視してたどり着いた結論です。それは、競わずに休みながらでもまえへ進める、間《はざま》の道を探すことでした。そうして競争から降りてみたら、なにかを失うどころか、そこには仕事への創造性と喜びが待っていました。

もし彼らに、競って闘う力があったなら、やはりそうしていたかもしれません。そして結局は疲れ果て、なんのためにがんばっているのだろうという自問と、仕事というのはやっぱり辛くて苦しい（あるいは人生の質にとって無価値な）ものだという再認識とともに、病状を悪化させて入院していたのだと思うのです。私は萌やべてるが、このきびしい競争社会のなかで自分たちの思いを鍛えぬき、現実との葛藤のなかで、どんなふうにその理念を深め発展させていくのか、今後も興味深く見守りたいと思っています。

前章でご紹介した松本健さんが、以前こんなことを話していました。

「今、世の中にうまく適合できない若い人たちが増えているでしょう。不登校とか引きこもりとか、病気になっちゃうとか。みんながそうとは言えないだろうけど、ぼくはそういった人たちに共通したものを感じるんです。人柄が控えめでやさしい、思いやりがある、嘘をつくのが苦手でマジメ。これってそのまま、その人の美点であり長所です。でも、競争社会ではそれがぜんぶ短所になってしまうんですね」

まったくそのとおりだと思います。じつは、そういう、競争社会に馴染めない人は現に世の中に大勢いて、ひとそれぞれに競争に巻き込まれない工夫をして、自分らしさを保っているのではないでしょうか。商売をしている人でも同様です。自分の生き方と矛盾しないで、できれば他人を傷つけることなく、誇りをもてるような仕事や生き方をしたいと願っている人が多くいます。

そのうえで、(少々使い古された表現ですが)オンリー・ワンの道をめざして独創的な事業を始める人も現れはじめました。こういう人たちは経営的にはたいへんなのでしょうが、イキイキと充実した仕事ぶりの人が多いものです。そうした道筋を歩んでいる若い経営者をつぎにご紹介します。

加茂市・若手職人たちの地場産業プロジェクト

子への思いを苗から育てて桐タンスに

新潟県加茂市は、古くから桐タンスのまちとしてその名を知られています。婚礼タンスとして人びとに親しまれてきた桐タンスの七割を、加茂市で生産しています。

昔は女の子が生まれると、庭や畑に桐の木を植えて、嫁入りのときに、その桐の木でつくったタンスを持参させるという風習が広くありました。桐は生育が早く、二十年経たないうちに大きな木となるからです。近代化とともに自前で桐の木を植える人が減りましたが、加茂市はこのならわしを産業として育て、発展してきたまちです。

私と加茂市との出会いは、一九九二年のことでした。この年の三月、商工会議所青年部からの講演依頼を受け、加茂市を訪れました。婚礼タンスという、全国に自慢できる特産品をもつ加茂市ですが、時代の移り変わりとともに需要が激減し、地場産業衰退の危機に悩んでいた地元商工産業にかかわる人たちが、なにか今後のヒントでも見つかればと、私を呼んでくれたのです。

私はその講演会で、まず手始めに、お客様（＝桐タンスのユーザー）と直接つながることをなにか始めてみてはどうかと提案しました。さらに、もともと桐タンスは、娘の嫁入りにもたせたいという親子の情愛から生まれたものなのだから、親子の絆を回復するお手伝いになるような事業を展開してはどうだろうか、という二つの提案をさせてもらいました。

三か月後、私たちが新潟県の委託を受けて開催している「まちづくりコーディネーター養成講座」に、加茂市商工会議所青年部から四名の参加者がありました。桑原隆さんという方が、講演会での私の提案に共感して、ぜひ新しい事業を立ち上げたいと、仲間を誘って講座にやってきてくれたのです。

六月から十一月までの半年間、隔月二日間ずつを費やして開かれたまちづくり講座で、彼らは自分たちのまちおこしプランを完成させました。それが、〈心の苗を育てる会〉の始まりでした。

彼らの考えたまちおこしプランは、つぎのようなものです。

まず、子どもの誕生を記念して桐を植えるという日本の文化を、もう一度見直し、復活させること。そのために、桐の木を植えて自分たちで育てるという考えを広めること。そして、木を使うことと増やすことをつなげて考え、実践することで、少しでも地球環境に貢献しようというものです。

主旨にもとづいて具体的なプランを練りました。まず、一本一万円の苗木のオーナーを全国から募集します。その苗木を加茂市の山に植え、一本一本に、苗木の持ち主から将来のタンスの持ち主（たいていは自分の子ども、あるいは孫ということです）に宛てたメッセージを添えます。そして春と秋の年二回、集いを開き、実際に木の成長を確認してもらうと同時に、エンド・ユーザーとなる苗木オーナーとの交流を育てていく。そういう計画を考えたのでした。

その年の十一月、〈心の苗を育てる会〉は発足しました。不安と期待が入り交じるなかで始まったこの企画に、初年度は二十人の申し込みがありました。桑原さんたちは植樹祭を開き、オーナーの人たちといっしょに、二十本の苗木を山に植えました。順調なすべりだしでした。翌年、オーナーの申し込みがまた二十件ありました。県外からの申し込みも増え、なかには「自宅の庭に植えて木の成長を見守りたい」という人もいて、その場合は苗木を送りました。

このころから、加茂市の行政もこの会の活動に注目するようになり、市長が「桐を植えて育てる活動を市としても応援する」という方針を、はっきり打ち出してきます。そのおかげで、〈育てる会〉は苗木を市の予算で購入できることになり、財政的に大きく前進しました。

また、苗木一本一本に添えられたオーナーからのメッセージに、味わい深い言葉が数多くあることから、これらのメッセージを広く紹介する「一子一詩コンテスト」というのを開催するようになります。娘や孫に宛てたすばらしいメッセージが何百通と届き、コンテストは大きな話題にもなりました。すでに加茂市役所だけでなく、農協や森林組合、あるいは地場産業であるタンス組合などの協力や支援を得るようになり、行政と民間がいっしょになって取り組む運動にまで発展しました。

桑原さんと仲間たちがみずからまちおこしプランを練り、会を発足させてから十年。現在、苗木のオーナーは八十三人、植樹された木は、ひとつの山全体をおおうほどになっています。

「〈心の苗を育てる会〉が軌道に乗りだすと、会を始めるまえには予想もしていなかったことが起きてきました」と桑原さんは言います。苗木のオーナーの人たちが、家具を購入してくれたり、あるいは買いたい人を紹介してくれる、という現象が起こりはじめたのです。苗木の植樹祭や一子一詩コンテストで多くの人たちとの交流が生まれた結果、どうせ買うなら会の人たちからと、遠方の会員の人も、自分たちの知人を桑原さんたち加茂の業者や職人たちに引きあわせてくれました。

タンスを扱う家具業者というのは、ほとんどが家具のバイヤー（中卸し）に製品を売っています。そのバイヤーがさらにデパートなどに卸し、消費者はそこから買うのです。家具職人や製造業者たちが、実際に自分たちのつくった家具を購入してくれた人たちと顔を合わせることは、きわめてまれなことでした。

お客さんと直接つながることは、たくさんのメリットを生みだしました。

まず、中卸しを経由しないので、値段を格段に下げることができます。また、お客さんは、買ったタンスの修理が必要になったときには、気軽に依頼することができます。業者にとっても、タンスなどの家具を使ってくれている方から直接修理を頼まれることは、不便が解決したことへの喜びや感謝の言葉をじかに相手から聞くことになるので、やりがいも生まれます。なによりも、そうして築かれていくお客さんとの人間関係は、なにものにもまして得がたい商売上の財産でした。

「エンド・ユーザーとつながったことは、多くの貴重なことを私たちに気づかせてくれました」と桑原さんは言います。

●思い出のつまった古家具を甦らせる創作再生家具

桑原さんはつぎに、家具の再生事業にチャレンジしていきます。

私がオーストラリアへ旅行したときのことです。シドニーのストリートをぶらついていると、一軒の店に目を奪われました。それは再生家具を取り扱うお店でした。なかに入ってみると、たくさんの再生家具がディスプレイされていて、ひとつひとつが創造性にあふれ、なかなか魅力的で、商品というより「作品」と呼ぶほうがふさわしいものがいくつもありました。オーナーも商店主というよりは、アーティストでした。私はこのとき、再生家具に強い魅力を感じて「つぎは、これだ」と思ったのでした。

帰ってから桑原さんにお会いしたとき、シドニーで撮ってきた写真を見せて「つぎはこれをやりましょう」と提案しましたが、桑原さんはまだピンとこない様子でした。

ところが、それからしばらく経ったある日、東京から、ひとりの若い女性が桑原さんを訪ねてきました。驚いたことに彼女は、ここで家具の再生の仕事を学ばせてほしいと桑原さんに頼みにやってきたのです。藤井朋子さんという人でした。

藤井さんは、東京で暮らしつつ、なにか自分の一生の仕事とすべきものを探しつづけていました。手に職をつけたい、しかも社会に役立つこれからの時代にあった仕事をしたいと考えているうちに、不用になった家具を再生し役立てるという仕事を思いついたのでした。しかし、家具職人をめざすとしても、彼女にはなんのつてもありません。そんなときにお姉さんが「心の苗の運動」を知って、彼女に桑原さんのことを教えたのです。

桑原さんは、なんとか彼女を雇いたいと思いました。専務の桑原さんは、社長である父親に相談しましたが、あっさりと断られました。古い家具の修理のために職人をひとり育てる、しかも女性です。お父さんが簡単にウンと言うはずもありません。それでも桑原さんはあきらめず、なんとか雇ってあげてほしいと頼みこみました。そして、ついに根負けしたお父さんはこう言いました。「月五万しか出されねえぞ。それでもいいか」。

こうして藤井さんは、桑原さんのところで働きながら家具職人の技術を学ぶことになったのでした。

実際に給料が五万円だったのは三か月間だけだったそうですが、あとで藤井さんから聞いたところによると、彼女はお金を出してもいいと思っていたそうです。技術を学べるならそれでもいい、そうしてでもこの仕事を始めてみたいと彼女はこころに決めていたといいます。一九九四年九月のことでした。

年が明けて九五年の一月、私のところに一本の電話がかかってきました。電話の主は美術評論家の大倉宏さんで、私とは旧知の間柄でした。電話の内容というのは、下町にあった元漆器屋さんが古い道具を処分したがっているんだけど、清水さん興味ない？ というものでした。私は「シメタ！」と思いました。きっとそのなかには家具類もあるにちがいない。そうすれば、これをきっかけに再生事業をスタートさせることができると考えたからです。

私は桑原さんといっしょに、トラックで乗りつけました。案の定、なかに四、五棹《さお》のタンスがありました。私たちは、道具類はそのころ開設の準備をしていたショールームで展示即売することにして、それ以外の古い家具類をこの新しい事業の「種《たね》」にすることに決めて、あらかたをもらい受けました。

新潟市内から加茂市まで、私と桑原さんはトラック一杯に荷物を積んで意気揚々と戻りました。私たちの戦利品（？）をまえに、桑原さんが新しい事業の意図を従業員のかたがたに説明したときの光景を、私は今でもよく覚えています。

社長であるお父さんを筆頭に、職人さんたちは全員、シラケきっていました。桑原さんの話に共感する人は、（藤井さんをのぞいて）ひとりもいない様子です。こんな手がかかって儲からんモノをなにすんだ。彼らの表情からはそんな雰囲気がありありとただよっていました。結局、桑原さんは藤井さんと二人で、この新規事業に取り組むことになったのでした。

藤井さんは、これらの古いタンスを使って、念願の家具再生を始めることになりました。最初は、ただ削って磨いただけの、そう変わり映えのしないものでした。でも、ひとつつくるとなにかが見えてきたようです。もっと創造的でありたい。そう思い、つぎの再生にとりかかります。今度は、最初よりぐっとよい再生タンスが完成しました。それでも藤井さんは満足しません。もっといいものにしたい、もっと新しいいのちが吹き込まれたものに仕上げたい。そう願いながらつぎつぎと再生家具づくりにチャレンジしていきます。

私が加茂を訪ねるたびに、新しく仕上げた再生家具を見せてくれたのですが、藤井さんがみるみるうちにクリエイティブになっていくのがわかりました。行くたびに技術が向上し、新しい発想のものを完成させようとしているのが伝わってきました。

変わった仕事に取り組んでいる若い女性の職人が加茂市にいる、ということが話題となり、しだいにマスメディアが関心をもつようになりました。まず、地元の新聞社が彼女のことを紹介しました。それから全国放送のテレビ局が取材に訪れ、彼女の仕事をドキュメンタリー番組のひとつとして取り上げたのです。またたく間に全国から再生家具の仕事が舞い込んできました。

藤井さんは桑原さんの応援を得て、つぎつぎと精力的に仕事に打ち込んでいきます。

実際に注文がやってきてはじめて気づいたのですが、家具を再生する仕事は、じつにやりがいのある仕事でした。人びとが再生したいと願う家具の多くは、親の形見であるとか、嫁入りのとき両親がもたせてくれたものであるとか、簡単に捨てるわけにはいかない思い出の品ばかりだったからです。藤井さんは力を尽くしてこの仕事に取り組みました。修理をするだけでなく、ときには形や色も新しく手を加え、これからまた長い年月、だいじにしてもらえる家具としてリニューアルすることをめざしました。

「納品のとき、ほとんどのお客様にたいへん喜んでいただきました」と桑原さんは言います。「なかには仏壇に向かって、こんなにきれいにしてもらったよ、と報告して喜んでくれた方もいました。喜ばれ、感謝され、しかも気持ちよくお金を払っていただける。それまでの私の商売といえば、バイヤーとの値段交渉が主たる仕事で、値切られることはあっても、感謝されることなどまずありません。実際に家具を使う方と顔をあわせることもありませんでした。これはよい仕事にめぐりあった。それが私のいつわらざる実感でした」

二〇〇〇年、桑原さんのところでは六十三のタンスを再生しました。翌二〇〇一年には倍の注文が入ります。

桑原さんは、「この家具再生事業を始めていなかったら、会社はつぶれていたかもしれません」と真顔で言います。なぜなら、桑原さんのところで家具再生事業が忙しくなりはじめた二〇〇〇年に、加茂の家具屋さんが、バタバタと廃業していったからなのです。そして翌年には、加茂の産業の柱である婚礼家具の売り上げが激減していったのでした。値切られることも少なく、しかも多くは現金収入となる再生事業を始めていなかったら会社が危なかったと、桑原さんが思うのも無理はありません。

最初はだれも見向きもしなかった再生事業でしたが、桑原さんはあるとき、お母さんにこう言われたと言って笑っていました。「タカシ、再生家具の仕事もっと取ってこい」。

藤井朋子さんは三年経って桑原さんのところから独立しました。今は創作家具職人として、たいへん忙しい日々を送っているようです。

まちの産業史を土台にネオ・インテリア産業を

私が桑原さんに感心するのは、彼の心根の素直さです。その若さに似合わぬほど、感謝する姿勢を忘れない人です。

藤井さんが来て再生家具づくりに取り組みはじめたのと並行して、桑原さんは創作家具のショールームをもとうと考えました。作品の発表の場を確保したかったのと、小売のほうに本腰を入れてお客さんとのつながりをさらに強くしていきたいと考えたからです。工場の一角を改造してショールームとしました。「桐蔵」と名づけたそのショールームを、桑原さんは家具を展示するだけではなく、開かれた空間として多くの人に利用してもらっています。布・染色・和紙・家具・古道具など、さまざまな工芸家や職工の人たちの作品や活動を紹介しており、けっして交通の便がよいところではないにもかかわらず、桐蔵にはとてもたくさんの人が足を運んできています。

桑原さんは、このショールームを訪ねてきた方のほとんどに、お礼の葉書を送ります。桑原さんはとにかく、たいへんな枚数の葉書を書きます。知りあった人にはかならず出す、と言ってもよいほどです。なかには「おめー、ようハガキくれるなあ」と言ってタンスの注文をくれた人もいたそうですが、それが目的というのではなく、彼は小売の喜びを知ってから、人とのこころのつながりを絶えずつくる努力を続けています。彼を見ていると、素直に物事に感謝できる人には人の好意が集まってくるんだなあと実感します。そんな桑原さんだからこそ〈心の苗を育てる会〉が始まり、藤井さんと出会い、桐蔵がたくさんの人でにぎわうのだな、といつも思います。

桑原さんが〈心の苗を育てる会〉を始めるきっかけとなったのは、仲間とともに新潟市でのまちづくりコーディネーター養成講座に参加したことだったのは、最初にご紹介したとおりです。桑原さんからあるとき、「この講座をぜひ加茂市で開いてくれませんか」と頼まれたので、私は快諾しました。

一九九七年二月、加茂市でおこなわれたこの講座は、なかなか有意義なものになりました。講座はいつものように、一日をまち歩きに費やしたのですが、そのときひとつのグループが「産業」をテーマに加茂市内を探索しました。すると、まちの産業の成り立ちについて今までよく知らなかったことが確認できたのです。

加茂市というのはまず、かつて和紙が産業の中心だったことがわかりました。和紙があることから障子づくりが始まり、しだいに建具づくりが盛んになっていきます。つぎには加茂縞という、もめん織物の生産が盛んになり、さらにその後に家具づくりが始まって、ここ数十年は桐タンスが産業の主流となって現在に至っているのでした。

こうした手工業の伝統ある地域だということで、昭和十七年に東芝が工場を開業するのですが、今ではだれでも知っている電気ごたつ（やぐらごたつ）というのは、ここの加茂東芝工場から生まれた商品です。

こうしたまちのルーツを確認できたことは、大きな収穫でした。これだけ多種多様な手工業の伝統と技術があるまちなら、私は「加茂インテリア」というひとつのジャンルを生みだせるのではないかと思いました。これが、〈加茂インテリア・アート・プロジェクト〉が始まるきっかけでした。

二年後、私は出張先へ向かう新幹線のなかで、以前から顔見知りだった新潟県の産業振興課の職員の方とバッタリ出会いました。車中、あれこれと雑談を交わすなかで、自分が構想をあたためている加茂インテリア・アート・プロジェクトの話をしました。きっと、おもしろい成果が生まれると思っているんです、と。するとその方は、「清水さん、その企画なら予算申請ができる」と言うではありませんか。しかも六百万の枠がある、と言うのです。私はすぐに、このことを桑原さんに報告しました。

桑原さんはさっそく加茂の若手職人を集めてくれました。家具はもちろんのこと、畳・建具・屏風・呉服・和紙などの仕事にたずさわる多士済々の面々です。私たちは、「加茂市で自分たちが受け継いでいる伝統技術を活かし、そのうえに立った新しい創造的な家具をつくる」という主旨の企画書をつくり、県の産業振興課に提出しました。そして、その企画がみごと審査を通ったのです。

一九九九年、ここから、加茂インテリア・アート・プロジェクトは正式に始まりました。

私たちが創案した新しい家具のコンセプトは「間具《まぐ》」というものでした。

「間具」をひとことで言うと、時間と空間をつくる道具のことです。もともと和様式では、小道具を使ってべつの空間をつくることが大きな特徴です。たとえば屏風や衝立《ついたて》は、今まで同質だった空間を一瞬にして内と外にへだて、部屋の風景を一変させてしまいます。掛軸も、それをひとつ飾ることで、空間の意味を変容させます。このように古くから日本人は、間仕切りひとつによって空間をしつらえ、ひとつの部屋を何通りにも利用し、暮らしに役立ててきました。

私たちはこの「間」を創る小道具をもう一度、見直してみようじゃないか、それも古くなり捨てられる運命となっている家具や布などを使って、新しいものを生みだしてみようじゃないかと考えたのです。

●〈加茂インテリア・アート・プロジェクト〉始動

二〇〇〇年、本格的に活動を開始します。商品開発は、ワークショップ形式ですすめていきました。

まずみんな、おのおのが作品のアイディアをカードに記入していきます。ひとり何枚アイディア・カードをつくってもかまいません。それをホワイトボードに貼り、全員で評価していきます。お互いに率直に意見を言いあっていると、全体がどんどんよくなっていくのが手に取るようにわかり、しだいに「作品」としての顔を見せはじめます。

さらに納得がいくまで評価しあったら、アイディア・カードのコピーを取ります。そのコピーを集めて、最初のカタログをつくりました。二十ページほどのカタログには、初期のアイディアがそれこそぎっしりと詰まっていました。カタログのプランを実際に商品化するため、今度は毎月、試作品をつくって持ち寄り、品評会を開くことにしました。そこで仲間の助言と感想をもらい、さらによくするということをくり返していったのです。

一年後、加茂インテリア・アート・プロジェクトは、満を持して新潟市で作品展を開きました。結果は大好評でした。気をよくした私たちは、東京でも作品展を開いたところ、新潟以上に反響を呼び、出展した作品もけっこう売れてしまうという予想外の事態が起きたのです。

ここから、加茂インテリア・アート・プロジェクトにつどった若い職人たちは、作品をつくり展覧会をしながら商売をする、という方法に気づいていきました。彼らもまた、数年まえの桑原さんのように、問屋に売ることがほとんどの商売で、実際に自分たちのつくったものを使ってくれるお客さんとのつながりがまるでなかったのです。

彼らは、新しい婚礼家具づくりにも挑戦していきます。軽くて小さくてやさしさが感じられる、今の居住空間にあう婚礼家具。月並みな言い方ですが、ニーズにあったものをつくる。そのために、マーケティングもおこないました。

マーケティングなど今までは考えもしなかったことです。しかし、このような発想の転換は、エンド・ユーザーとつながることで初めて可能になったことでした。どんな人が自分たちのつくったものを使ってくれるのか、そこに強い興味をもつようになったからだと思います。そして、自分たちの家具の使われ方に、いつも想像をはせるようにもなっていきました。

彼らの新しい家具のコンセプトは、低くて、小さくて、軽い家具です。そして一つひとつの家具をパーツのように自由に配置して、持ち主のセンスで楽しんでもらうことをめざしています。そうした家具を「桐の家族」と名づけました。加茂インテリア・アート・プロジェクトを、彼ら若い職人たちが、この先どんなふうに成長させていってくれるのか、私はとても楽しみにしています。

●「つくって売るだけ」から「育ててつながる」商売へ

桑原さんの転機は、たんに物を売るのではなくて、買ってくれた人との人間的つながりを大切にすることに気づいたところから始まりました。そのことが、仕事の意味を少しずつ変えていき、仕事が生きがいと喜びを生みだすようになっていきます。ここに商売の好循環が生まれたのだと思うのです。

〈心の苗を育てる会〉に始まり、藤井朋子さんとの出会いを経て家具再生事業を始め、加茂インテリア・アート・プロジェクトや新作婚礼家具づくりまでと事業をすすめてきました。そこで桑原さんがどのくらい儲かったのかよりも、私には彼が商売の好循環にめぐりあったことのほうが、はるかにだいじなことだと思います。彼がもちまえの誠実さと、人とつながることを忘れなければ(もちろん心配していませんが)、多少の困難があっても世間は彼を「食わせて」くれるはずです。商売とはそんなものではないのか、と私は最近考えています。

福島県郡山市の薄皮まんじゅうで有名な柏屋の本名幹司社長から、こんな言葉を聞いたことがあります。「清水さん。老舗って、それほど儲かってないんですよ」。

本名さんは柏屋の五代目で、桑原さん同様、私にとって年下の友人です。柏屋さんはお菓子屋といっても、郡山市においては有数の企業です。創業が嘉永五年（一八五二年）ですから、もう百五十年、商いを続けていることになります。

柏屋では店舗でいちばんめだつショー・ウインドーに、毎月一篇、子どもたちの詩を飾り、それを「青い窓」と呼んで、同名の児童詩誌をもう四十年にわたり発行しつづけています。その児童詩誌は、盲目の詩人・佐藤浩さんに長年編集を頼んできました。佐藤さんは、待遇としては柏屋の社員です。私は佐藤さんと柏屋の会長が同席する場に居合わせたことがあるのですが、先代である会長が佐藤さんをたいへん尊敬していて、もてなしのこころで接しているのがよくわかりました。

『青い窓』の精神は広く全国に伝わり、姉妹誌が現在十二、北海道六花亭（菓子メーカー）の『サイロ』なども多くの読者をもっていることで有名です。

柏屋は、朝茶会なるものも開いています。これは毎月一回、朝七時におこなっている会で、この日はおいしいまんじゅうと熱いお茶が無料で振る舞われます。日ごろの感謝の意味をこめて、これも長年にわたり本店で続けられている行事です。これ以外にも多くの社会活動をおこなっていて、だからこそ、「老舗って、それほど儲かってないんですよ」という言葉が深い意味をおびてくるのです。

百年も二百年も人びとから支持される会社というのは、やはり商売の好循環をだれよりもよく知っているようです。桑原さんや本名さんは商売において、勝つことではなくて社会と調和することを望んでいるようにみえます。

売る人と買う人に人間的なつながりがあり、働くことにやりがいと充実感がある、そんな仕事が求められ、また支持されていく。冷たい経済から暖かい経済へ。そこに人びとの求めているものがあるように、私には思えるのです。

終章

市民発、政治も選挙も自分たちの手で

社長業から一転、まちづくりへ

●師と社員とともに〈印刷アート〉をめざした博進堂時代

私はよく人に尋ねられることがあります。「清水さんはどうして、四十にもならない若さで社長を辞められたのですか」。もっともな疑問だと思います。ふつうに考えても、まだまだこれから事業を伸ばしていける年齢にさしかかったばかりなのですから、人によってはいかにも唐突な印象を受けるのでしょう。会社がオカシクなったわけでもなく、大病を患って引退したわけでもないのですから。

二十六歳のとき、父の急死によって家業の印刷会社を引き継ぐことになった私は、自分なりに自分のもてる力をすべて注ぎこんで経営にあたってきました。さいわいにもすばらしい社員にたくさん巡りあえて、順調に会社を成長させることができました。

父から引き継いだ会社は学校の卒業アルバム製作が主でしたが、これをまず、どこにも負けない印刷品質と編集センスのあるものにしようと、目標を掲げました。そして、これからは学校アルバムばかりではなく、一般印刷技術でも名のとおる会社にしたいと思い、社員の人たちともいつもそれを語りあっていたものです。そんなときに、(まえがきでもふれたように)藤坂泰介さんという、グラフィック・デザイナーの方との出会いが訪れたのでした。早くから、有名企業のロゴデザイン(今で言うCI)などをいくつも手がけた、先駆者のような方です。この方が私の一生の師となりました。

その藤坂先生と、私は二度「出会って」います。一度目は、まだ父が生きているときでした。「この先生について、もっとよいアルバムをつくれる会社になってください」と、お得意さまが藤坂先生を連れてきてくれたのです。もちろん先生の名まえは知っていましたし、その仕事に尊敬と畏れを抱いていました。藤坂先生をお招きしたことで、会社の仕事の質は飛躍的に向上し、業績も伸びていきました。

ところが、父の死後すぐに先生は、「ぼくはきみのお父さんの人柄にひかれて新潟に来たのだから、もう自分の役割は終わった」と、広島に帰ってしまわれたのです。私は先生がいるという安心のもとに、編集・企画・セミナー開催などのソフト事業を一気に旗揚げしたばかりでしたから、まるで二階にあがったとたんに階段をはずされたような心境でした。たいへんこころぼそい思いで、それらの仕事を続けざるをえませんでした。社員の人たちとともに、必死で新規事業をまっとうさせる努力を続ける毎日が過ぎていきました。

二年ほどたって、藤坂先生が仕事で困っているという噂が耳に入ってきました。先生の要求する注文がむずかしすぎて、東京でも印刷を引き受ける会社がないというのです。ちょうど、東京で業界の集まりがあって先生とお会いしたおりに、ぜひ新潟でやらせてくださいと申し入れました。先生は「おお、きみがやってくれるか」とたいへんうれしそうな声をあげて、その仕事を任せてくれたのです。これをきっかけにして、先生はまた博進堂の仕事を手伝ってくれるようになったのでした。これが、二度目の出会いです。

藤坂先生の思い出を話しはじめると、きりがありません。社員と先生と私とでいっしょに試みた新しい会社づくりの取り組みの数かずは、それだけで一冊の本が書けるくらいです。広島で被爆された先生は、髪の毛が抜け落ち、歯は前歯が一本残っているきりでした。仕事にはまことに厳しい人でしたが、会社をよくしたいという私たちの思いにとことんつきあってくれました。「印刷アートをめざそう」という標語を掲げて、全社で品質と技術の向上に取り組んだのも藤坂先生の力あってのことでした。美術本の印刷をするようにもなり、オリジナルの写真集を製作したこともありました。

写真集は『百人の写真家による現代ぽおとれえと作品集』といって、第一線で活躍する写真家百人に作品提供を依頼してつくった、顔だけの写真集です。二十年以上まえですが、荒木経惟・篠山紀信・立木義弘・土門拳などそうそうたる顔ぶれに参加してもらいました。今ふりかえっても、あのころに新潟の一印刷会社がよくこんな本をつくれたものだなあと感心してしまいます。藤坂先生は、相手がどんなに有名で面識がなくても、臆することなく出向いていき、気迫で交渉する人でした。

また、当時はCIなどという言葉も知らない時代でしたが、私は会社のロゴ、それも世界に通用するロゴをつくろうと思いつき、あるとき藤坂先生に相談しました。先生は「おお、すぐやろう」と賛成してくれました。そして「マークは津高和一に、文字は篠田桃紅に頼もう」と決めてしまったのです。どちらも世界的な作家です。そして自分で会いにいって、仕事を依頼してきたのでした。もちろん、このマークとロゴは今も博進堂で使われています（当時の会社の人は、「うちの社長は清水のように金を使う人です」と諦め半分、冗談半分で言っていたそうですが）。

新潟市の美術館を借りきって、全社員のコラージュ展を開いたことがありました。もちろん、全員が美術のド素人です。藤坂先生は、仕事面でも作家としてもコラージュをつくるのが好きでした。そして「コラージュはだれでもつくれるんだ」とつねづね口にしていました。そこで私が提案して、先生の教えをみんなで受けて開催したのが、全社員によるコラージュ展です。最初は尻込みする社員もいましたが、最後にはほとんど全員が作品をつくり、堂々と市の美術館に展示しました(このころから私の道楽への芽が育っていたのかもしれません)。

これは爽快な気分でした。作品のでき栄えなどに関係なく、コラージュをつくった社員たちがこころを躍らせて美術館の門をくぐっていきました。人はだれでも、創造によって知らなかった自分を発見するのが、ほんとうにうれしいのだなと、このとき実感しました。このコラージュ展は、社内では大成功の企画でした。こんなふうに藤坂先生に助けられながら、私たち会社の者はみんな、人間としての成長を促しあっていったのです。

●ある日、突然訪ねてきたふしぎな男と親友に

私にはひとりの親友がいました。佐々木隆という男でした。彼と近しくつきあい始めたのは、私が社長を辞める三、四年まえからです。

あるとき、なんのまえぶれもなく彼が私を訪ねてきたのです。そして、「今度、東京から講師を呼んで経営の勉強会をするのだが、あんたも来ないか」と言うのです。講師の西順一郎氏は、経営を疑似体験できるマネージメント・ゲームという教育ツールを開発した人で、かねてから私が会ってみたいと思っていた人でした。その西さんを、どうして彼が知っている

のかふしぎでしたが、私はその場で「行きますよ」と即答し、彼の主催する勉強会に参加したのです。それが佐々木隆さんとのつきあいの始まりでした。

知りあうとすぐに、私たち二人は意気投合しました。彼は信じられないくらい、いいヤツでした。なんというか、ふしぎな魅力で人のこころをつかむ男で、その生き方は破天荒そのものでした。飲むと滅茶苦茶で、人に迷惑をかけるようなところも多少はあったかもしれませんが、だれもが彼の人間的な魅力に負けてしまう、天衣無縫という言葉がピッタリの人間でした。「清水さん。おれがあんたの友だちになってやるよ」と自分のほうで勝手に決めてからというもの、私のところに頻繁に顔をだすようになりました。

私は社長業を始めてから一度も、友だちが必要だと感じたことがありませんでした。社員さえいれば、べつに友だちなど欲しいと思わないほど充足していました。そのころの私は、苦労も喜びもなんでも社員とともに分かちあっていきたいと思っていましたから、プライベートで友だちになにか相談するとか、いっしょに遊びに行くとか考えたことはまったくなかったのです。佐々木さんの出現は、そんな私の毎日に変化をもたらしました。

彼はまず、朝飯を食べに私の家にやってくるのです。照れ臭いものですから、いつも魚かなにかおかずになるようなもの（不釣りあいにもイチゴなんていうときもありました）をぶら下げてやってきました。それから会社に行くのですが、しばしば彼はそのままいっしょに私の会社までついてきます。そして話の続きをするのです。家のまえで別れた日は、きまって昼になると博進堂にやってきて、いっしょに昼飯を食いながら仕事や経営の話をしました。夜は毎晩と言ってよいほど、どこかでいっしょに飲んでいました。とにかくウマが合うというか、この時期ひじょうに濃密なつきあいをした友人で、(あまり大きな声では言えませんが)女房がヤキモチを妬いたほどでした。

佐々木さんは、なにか特別なすぐれた才能や、経営における実績がある人ではありませんでした。私が会ったころは競馬新聞の専務という肩書きでしたが、いろいろな事業に手を出して失敗したということも聞きました。藤坂先生のような人格者というわけでもありません。ただ、彼にはなにか、ほんとうのことを求めて止まないようなところがあって、枝葉のことはどうでもよい、人生の本質にだけたどり着きたいと希求して生きているように感じられました。私はそこに強く惹かれていたのだと思います。

彼はまた、中国に古くから伝わる星占いに凝っており、私にこう言っていました。「清水さん。あんたはこの年、すべてを失うよ。今までに手に入れたもの、なにもかも失う」。親友にこんなことを言うとは非道《ひど》いものですが、なんというか、彼はそんなふうに率直でごまかしのできない男でした。私は表面は気にしないようにしていましたが、こころのどこかにひっかかるものがありました。

そして、なんの偶然か、彼が私に忠告した「その年」が始まってすぐに、藤坂先生が亡くなられたのでした。一九八七年（昭和六十二年）一月のことでした。私と会社にとっての精神的支柱であった藤坂先生が、突然、亡くなられてしまった。信じられない思いで呆然とする日々が続きました。いったいこれからどうすればよいのか。先生がいなくても、たぶん経営は続きます。会社の仕事だって、社員の頑張りでそれなりに順調に進んでいくでしょう。しかし、私のこころにぽっかりとあいた空洞は、なにをしてみても、どうにもすることができませんでした。

●マンガ雑誌で失敗、負債はなんと一億円！

じつは私は、藤坂先生が亡くなられる二年ほどまえ、事業で大きな失敗をしていました。結果として、会社に大きな損害を与えるようなことは避けられましたが、それまで順調に経営者としての実績を築いてきた私が、はじめて出会った大きな失敗でした。

ある日、私は東京支社の社員を通じて、ひとりの雑誌編集者を紹介されました。その人は、A書房というマンガ誌を数多く手がけている会社を辞めたばかりで、新しいマンガ雑誌を創刊しようと準備しているところでした。

「マンガ業界というのは巨大なビジネスであるぶん、作家には制約も多く、売らんがためのストーリーづくりに嫌気がさしているマンガ家がたくさんいる。そういうマンガ家と組んで、作家がほんとうに書きたいと思っているいい作品を世に送りだすような雑誌を創刊しようと、今、走りまわっているところです」と私に言いました。私は何度も話を聞き、よくよく考えたすえ、その人の新しいマンガ誌に協力することにしたのです。万が一、会社に迷惑をかけてはいけないと思い、この仕事は私個人として契約しました。

私たちはまず、マーケティングも兼ねて試作号を出してみることにしました。単発の、それも作家別の総集編というかたちで発刊してみて、売れ行きをさぐることにしたのです。少女コミックスのマンガ家の作品集を二冊発刊しました。二人とも当時たいへんに有名なマンガ家だったらしく、私は知りませんでしたが、会社の女の子たちは大騒ぎでした。これがみごとに当たったのです。マンガというのはこんなに売れるものなのかと驚きました。これで、決心は固まりました。その編集者と相談して、隔月刊を予定していたのを月刊誌としての創刊に変更しました。

私は二冊の試作号の成功で自信がありましたが、新規事業を始めるときにいつもするように、三パターンの経営計画を作成しました。まず、目標とする経営計画、つぎに最高の結果が出た場合の経営計画、三つめが結果が悪い場合には事業を見直すという経営計画です。損益計算はもちろん毎月おこないます。万が一の備えも万全のはずでした。ところが、そうやって創刊した『ぱれっと』というマンガ雑誌は、無残にも大量に売れ残ってしまったのです。

三本の経営計画があるのですから、業績が悪くともすぐに手が打てるはずでした。しかし、試作号の思わぬ成功で隔月刊の予定を月刊誌に変更したために、予想していなかった事態が起きてしまったのです。月刊の全国誌というのはほんとうにたいへんな仕事で、二か月先のぶんまで雑誌づくりを同時進行させていなければなりません。三か月が経ち、三号までの売れ行き状況を把握して私が「これはいかん！」と思ったときには、すでに五号まで仕事は進んでいたのです。売り上げから制作費を差し引くと、損失は億を超えていました。私はパートナーの編集者と相談して、すぐに廃刊を決めました。

問題は負債をどうするかです。話しあいの結果、約八千万円を私が引き受けることになりました。私は持っていた土地、ゴルフの会員権などの財産をすべて手放して負債の穴埋めに充てましたが、それでも三千万円の借金が残りました。たいへんな金額ではありますが、社長業をしながらなんとか少しずつ返していけそうな見通しはもてました。それから一、二年が経ち、ふたたび落ち着いて、平常にもどった矢先に、藤坂先生は亡くなったのでした。

●今、私はすべてを手放そう

その喪失感は計りしれず、佐々木さんが言ったように、もしかしたら私はほんとうに、すべてを失うのかもしれないとさえ思うようになっていきました。私がつぎに失うものといえば、それは会社をおいてほかにないと思われました。自分はまたなにか大きな失敗をするのだろうか。借金は恐くないが、しかし社員を失うようなことがあれば、みんなはどうなるのだろう。

しばらくのあいだひとりで考えたすえ、私は社長を辞める決心をしました。社長であることを捨てよう。これ以上失うまえに、自分から持っているものを手放そう。すべて失ってしまうのなら、大切なものを自分からなくしてしまおう。博進堂から離れよう。私はそう思ったのです。

後継者として社長を引き受けてくれた弟は黙って私の決断を受け入れてくれましたが、社員のなかには少なからぬ動揺があったと思います。ともに苦労して育ててきた会社です。おれたちを置いていくのか……という気持ちだったかもしれません。それでも、私にはそれ以外の選択は考えられませんでした。このとき、会社が規定額の退職金を出してくれて、それでマンガ誌でつくった借金を全部きれいにすることができました。

私は自分を育ててくれた会社を離れ、私財のほとんどを失いましたが、なによりも大切に思っていた会社をみずから手放したのだから、もう失うものはなにもないだろう、という気持ちでした。ところが、その後しばらくして、当の佐々木隆さんまでもが急死してしまったのです。まだ、四十歳になっていませんでした。私はこの年、親友までも失ったのでした。

後年になってから思い出したのですが、亡くなる二年くらいまえに藤坂先生がこんなことを私に言ったことがありました。「義晴くん。きみが慢心したときが、ぼくがきみから離れるときだ」。そのとき私は黙って師の言葉を聞いていましたが、内心は「先生、なにをいまさら……」と思っていました。謙虚さをいつも忘れないくらいには、自分はとうに成長したつもりです。先生に面と向かって言わないまでも、本心はそんなところでした。しかし、ずっとあとになって振り返ってみて、自分はやはりあのころ、たしかに慢心していたと思ったのです。マンガ誌の失敗もその現れだったと今では思います。師には私のほんの微妙な変化が見えていたのでしょう。

そう思うと、あれは私への遺言だったのだなと理解できます。そして師の遺言がわかるためには、私は一度すべてを失う必要があったのでしょう。

「あんたはすべてを失うよ」と言った親友の言葉も、「でも、それは悪いことじゃないのさ」という、そのあとに続く言葉があったように、今では勝手に解釈しています。

●アートをきっかけに、まちづくりへ

社長を辞めてなにをする当てもなくなった私は、兼ねてからの念願だった現代美術の仕事を始めました。使っていなかった海苔屋さんの倉庫を借りて、私設の美術館を始めたのです。名づけて創庫美術館です。これは楽しい仕事ではありましたが、現代美術という身近な存在でないものを見に、そう多くの人たちが足を運んでくれるわけがありません。すぐに運営に行き詰まってしまいました。待っていてもだれも来ないのなら、こちらからまちへ出ていってやろう。そう考えた私は、新潟市内で現代アートに関するイベントを企画したり、それに参加したりするようになります。

じつは、新潟の町中を現代アートで飾りたい、という考えは、以前にドイツを訪問したときに生まれたものでした。カッセルという小さなまちでは四年に一回、ドクメンタという現代美術の展覧会が開かれていて、イベントの期間、世界中からアーティストや観客が集まり、町中がアートであふれるのです。私はこれを新潟でできないだろうかと思っていました。それで、商店街や広場などでアート展を開いていったのですが、それが「二十四時間万代島フォーラム」へとつながることになりました。

二十四時間万代島フォーラムは新潟港の万代島倉庫を使って開催した、まちづくりを考え

るフォーラムです。会場では写真展や美術展を開き、フォーラムのプログラムにはコンサートやドキュメンタリー映画の上映などももりこみました。一九八八年、八月の暑い日でした。大勢の参加者とともに、二十四時間のイベントを企画するなんて、私も若かったんだなあ、としみじみ思います。当時三十九歳でした。

このフォーラムが大きなきっかけとなって、私は新潟でまちづくりに取り組んでいる人たちと出会っていったのです。

当時は安塚町の課長だった矢野学さんが現在、町長となって、ますます安塚町を魅力あるまちに育てているように、あのころ出会った人たちが現在の新潟県の地域づくりを、あらゆる面で動かしていると言っても過言ではないでしょう。

新潟を手はじめに、その後、私は全国のまちづくりの仲間と出会っていくことになります。意図したわけではないのですが、一回すべてを失ってゼロからスタートしたことが、私をまちづくりという未知の分野に導きだしてくれたのでしょう。そうでなければ、今も経営相談や企業セミナーなどを主たる仕事にしていたかもしれません。そして、まちづくりを始めてから十数年の時を経て、私が今、市長選挙に深くかかわるようなところにまで、私自身も時代とともに変化し、動いていったのでした。

選挙を市民の手にとりもどす

●素人集団による手づくり選挙、やろう!

今年（二〇〇二年）の夏、私は旧友から「折り入って相談したいことがあるんだが、会ってくれないだろうか」という電話をもらいました。八月二十二日のことでした。

電話の主は、新潟高校の同級生で、新潟日報の論説委員をしている篠田昭さんです。篠田さんは、東京の大学を出たあと新潟に戻り、地元紙の記者として活躍してきた人で、以前から、教育やまちづくりの特集を書くときなどにアドバイスを求められたりと、折々につきあいのあった友人です。

彼の相談というのは、「今度の新潟市長選挙に立候補しようと考えているのだが、応援してもらえるだろうか」という話でした。私は最初それを聞いたとき、少し驚きました。というのも、彼は立派なジャーナリストではありますが、私の知るかぎりおよそ権力争いとか個人的な野心とは、縁遠い性質の人間だからです。しかし、彼の話を聞くうちに、私も「なるほど……」と思うようになりました。ひとりの新潟市民として、旧態依然たる候補者選びやそのための根まわしの数かずを、黙って看過する気持ちにどうしてもなれないんだ、ということを、彼は静かに、しかし熱い口調で私に語りました。

新潟を変えたい、新しい時代をふるさと新潟でも迎えたいと思っている。そんな旧友の言葉に、私もまったく同感でしたし、彼の志にこころを動かされました。これは篠田さんの選挙であると同時に、新潟を変える選挙、日本を変える選挙だと直感しました。

今、全国各地では、知事選あるいは市や町などの首長選において、かつてならだれも想像しなかったような結果がつぎつぎと生まれています。組織力や動員力だけで選挙の結果を推しはかることは、まったくできない時代になってきています。それは政治が変わったというよりも、あきらかに市民一人ひとりが変わりはじめていることの結果ではないでしょうか。どのように変わりはじめているのか。それはこれまでこの本で紹介してきた人たちのように、自分で判断し行動する自立した個人が、少しずつ現れはじめているという変化だと思います。

私たちは、そのような市民の変化を信じて、一人ひとりの共感が集まって大きな流れをつくりだすような、そんな選挙をやってみたいと思うようになっていきました。

それから篠田さんと私は、たがいの仲間に声をかけて集まってもらい、十日間のあいだに四回の打ちあわせをもち、今回の決意について、みんなの意見を求めました。

なかには「無謀すぎる。絶対に反対だ。勝てっこない」と正直に言う人もいました。が、多くの仲間は「こんな人が現れるのを（こころのどこかで）待っていた。いっしょにやろう！」と応援を約束してくれたのです。

九月四日には、出馬の意思を公共の場であきらかにしました。私が彼から相談を受けてから、まだ二週間と経っていません。この日から、私たち素人集団による手づくりの市民選挙が始まりました。

さあ、それからがたいへんでした。こともあろうに、私が選挙対策本部長に推され、どうしてもそれを引き受けざるをえないことになってしまったのです。うかつにも私は、そんな事態になろうとは夢にも考えていませんでした。友人の思いに共感し、全力で応援するこころ構えは最初からできていましたが、政治のド素人で選挙のことなど、なにひとつわからない自分に、選対本部長などという大役がまわってくるとは、ほんとうに思ってもいなかったのです。

しかし、考えてみれば、選挙を知らないのは私ばかりではありません。今回の選挙に集まった仲間はみんな、私と似たり寄ったりで、もちろん選挙など初めてという人たちばかりです。まちづくりの仲間や主婦やマンガ家や新聞記者など、政治や選挙とはまったく縁遠い人たちばかりなのです。

それともうひとつ、私自身、「清水さんが選対本部長をやってよ」と言われるまで、そういう重要な仕事はきっとほかのだれかがやるはずだ、と勝手に決め込んでいたことに気づきました。友人が新聞社を退社し、安定した生活を投げうっても、自分が新潟を変える一歩をまず踏みだそうとしたことを考えると、自然と私のこころも決まりました。この役目は自分がやろう、と。ホントに、人生はなにが起こるかわからないと思います。

●停滞した政治に「じゃーん！」と青空を呼ぼう

私たちは、この選挙活動のプロセスをできうるかぎりオープンにして、（批判も含めて）たくさんの人からアイディアや意見を求めていくことにしました。

まず、公開で自由参加の「市政を考えるワークショップ」を開き、選挙活動の理念や候補のキャッチフレーズなどを決めました。「篠田さんが立つと聞いて、頭のうえにぽっかり青空が浮かんだみたいな気持ちだ」と言った人がいて、「それでいこう！」と、私たちの選挙のキーワードは「青空」に決まりました。停滞したムード、政治に、市民が立ちあがって青空を呼ぼう。青空選挙、青空市長、青空集会です。起意表明も青空の下、信濃川のほとりでおこないました。

「じゃーん！　青空記者登場」というのが、篠田候補のキャッチフレーズです。この「じゃーん！」は、みんなでキャッチフレーズを考えているとき、篠田さん自身から出た言葉です。なにか選挙とはとても異質な、軽い雰囲気の言葉だけれど、だからこそいいじゃないか。よし、これでいこうと決まりました。

私たちは、今までにない選挙をやりたいと考えましたから、新しい選挙、新しい政治がじゃーん！　と登場する、という意味をこのキャッチフレーズにこめたわけですが、従来の選挙というものをよく知っている人には、じつはあまり評判がよくありませんでした。なんだかわからない、ふざけているみたいだと受けとられてしまったのです。でも、選挙事務所のなかや街頭などでは、最初からとてもよい反応がありました。

若者たちが街宣車に向かって「あ、じゃーんが来た、じゃーんの篠田だ」と反応してくれたりして、私たちはそうした若者たちに向かってこの選挙の意味と、どんな新潟市づくりをめざしているかを語りつづけました。今では「じゃーん！」は、選挙の仲間みんなにすっかり受け入れられています。

私たちの選挙事務所は、白鳥の降り立つ鳥屋野潟《とやのがた》を一望するところにあります。ここにはほんとうにさまざまな人が出入りしています。まちづくりの仲間はもちろん、主婦がいる、自営業者がいる、退職者がいる、学生や（それこそベッカム頭の）若者がいる、夜には仕事帰りのサラリーマンがやってくる、勤め人のなかには仕事のとちゅうで立ち寄る人や仕事を休んで応援してくれる人などもいて、じつに多様です。

「無党派、市民派、ネットワーク個人選挙で、十万人とつながろう！　投票率最低五十パーセント以上」という目標を事務所に掲げていますが、そのとおりの内容の選挙運営になってきました。また、選挙事務所内での決まりごともつくり、「お茶の間事務所三則」と名づけて貼り紙がしてあります。三則とは、

◎「じゃーん」と言ったらお友達
◎男も女も調理場から政策まで
◎お酒は置かない、飲まない

の三つです。この三則も選挙活動を始めてすぐ、みんなで意見を出しあって決めました。

貼り紙はほかにもあります。「新潟を変える青空選挙」「自由市民の持ち寄り選挙」「あしたが見える楽しい選挙」などの理念です。お金も時間も身体も、まさに市民一人ひとりの持ち寄りです。

ポスターや街宣車のボディに使われた「じゃーん！」の文字は、私が自分で書きました。

書きあげるとすぐに仲間が印刷にとりかかったり、看板をつくりはじめたりして、あっというまにかたちになっていきます。選挙にはありとあらゆる仕事がありますから、みんな自分の得意な分野で自分を発揮していきます。事務所を訪れた人で、まるで大人が学園祭をやっているように楽しそうだ、と感想を述べた人がいました。

そんなふうに横のつながりを大切にする活動を続けているうちに、私たちには市民の望んでいることが少しずつ見えはじめてきました。

教育・福祉・経済・医療など、暮らしに直結した問題について、人びとは強い関心をもっています。そういうさまざまな事柄について、人びとがよりよい政策、より地域にとって妥当性のある政策を求めているのはもちろんですが、じつはそれ以前に、自分たちの代表者を選ぶプロセスそのものを変えたいと強く願っていることを、ひしひしと感じました。

組織力・動員力のある人たちが、どうして選挙でかつてのようには勝てなくなっているのか。だれかに動員されてしまっては、候補者を「自分で選んだ」ことにならないと感じる、まずなによりもそこに、人びとのこころの変化があります。政治のプロほど、「人間は自立して苦労するよりも、依存して楽をするほうを選ぶ」という、どこかみくびった市民観を捨てきれないようです。ここに時代を見据える視点の分かれめがある、と私は感じました。

●選挙とは、「敵との闘い」ではないはずだ

　実際に選挙活動が始まってみると、選対本部長としては学習の連続です。わずか二か月のことなのですが、まるで何年分も働いたような忙しさです。朝から深夜まで事務所に詰め、日々起きてくることにその場で判断をくだして、前に進んでいかなければなりません。バックとなる組織がないのですから、仲間づくりを続けながら、押し寄せてくる実務をみんなでつぎつぎと片づけていくわけですが、いや、これが選挙というものなのかと、その凄さを実感する日々です。

　しかし、うれしいことに、新しい仲間が毎日のように現れてきます。ストレートに候補者の姿勢に共感したという人や、以前の会社の人たち、さらにはとうに社を辞めている人たちまでも来てくれました。驚いたのは、昔の同級生が顔を出したことです。

　高校時代の同級生が「おまえには借りがある」と言うのです。他校の生徒と一触即発でケンカになりそうだったとき、私が仲裁に入ってことなきを得たと彼は言うのですが、そんなカッコイイことがほんとうに私の学生時代にあったのか、われながら半信半疑です。が、とにかく彼はそう言って、選挙を応援してくれています。彼とは数十年ぶりの再会でした。

　お金や人手の苦労は選挙ではあたりまえのことでしょう。猛烈に忙しいのも同様です。私

はこのことで困ったり悩んだりしたことは少なかったのですが、自分のなかにある矛盾を抱えることになりました。選挙をともにする仲間と私のあいだに、考え方や進め方で微妙な食い違いが出てきたとき、選対本部長として私がどう対処したらいいか。これはまさに、私自身の根本にある姿勢が問われる問題でした。

選挙活動が始まるとすぐに、事務所のなかには「選挙は闘いだ」「勝つためならなにをしてもいい」という空気が漂いはじめました。仲間が真剣であればあるほど、必死に汗を流すほど、その思いが事務所に満ちていきます。それに、選挙の応援にはいろいろな立場や考えの人が参加してきますから、「選挙は負けたらなんにもならない」「ともかく勝つことがすべてだ」という信念を説く人が現れたとしても、ちっともふしぎではありません。そうすると、それが少しずつ浸透していき、臨戦ムードが高まっていきます。

正直言って、私だって「選挙は負けたらなんにもならない」とチラッと思わないでもありません。だれにも負けないほど、心底この候補を当選させたいという、熱意と覚悟で選挙に向かっているのですから。でも、勝つことを至上の目的としてしまうような人を自分たちの代表として選びたくないからこそ、私たちは選挙を始めたはずなのです。それを忘れるわけにはいきません。

それに、選挙を始めると、相手の候補者と闘っているような錯覚に陥りますが、じつは私たちが向かうべき選挙の相手とは、選挙民（＝市民）です。べつに他の立候補者が「敵」なわけでもなんでもないはずです。

選挙というのはおそらく、修羅場のようなものです。選挙を知らない私でも、それは容易に想像がつきました。しかし、そんな闘いの現場にこそ、人びとが意志や共感で集まる「場」をつくれたらと、私は考えました。なぜなら、かりに選挙に勝つことができても、結果としてたんに新しい権力争いを新潟に生みだすことで終わったなら、それはあまりにも不本意な勝利だからです。

「選挙を闘いではなく、仲間づくりの場にしよう。勝敗というのがあるとするなら、候補者の考えに共感する仲間を、どちらがより多くつくったかを競いあおう」。仲間にもそれを語り、自分もまた行動で示していきたいと思っていました。

しかし、正直言って、「仲間づくり」「場づくり」の思いを、多様な人びとが集まる選挙という活動のなかで、きちんと仲間に伝えることができているのか、私は不安でした。なにより、これからどんなことが起こるかわからないのに、自分はほんとうに揺らがずやっていけるのか。一人ひとりをいかそうと思っていても、どこかで「仕切って」しまうことにはならないだろうか。そんな危惧もいだきはじめ、こころの奥に隠されている弱さを感じはじめていました。そんなとき、この本の「まえがき」でも紹介した言葉に出会ったのです。

●異質な考えとどうつきあうか、問われながら

選挙活動を始めて忙しいさなか、私はまちづくりの仕事で北海道の浦河町へ行きました。選挙のことが動きだすまえから決まっていた仕事です。私はそこで、大工のてらさんと話をする機会を得たのです。

アルコール依存症を体験したてらさんは、べてる（「福祉法人べてる」ではなく「有限会社福祉ショップべてる」のほうです）で大工として働いていますが、人生のどん底までいった体験をもつ人間のみができる、深い話をときどきしてくれます。私が選挙のむずかしさを話したとき、てらさんはすぐにこう言いました。

「そりゃあ、清水さんが負けつづけることができるかどうかじゃないかなあ」

私はこのひとことに、深く深く納得しました。そうだ、私が探していた言葉はこれだったんだ。

私はこのときつくづく、自分は今、試されていると思いました。この十五年間、講演会やまちづくりセミナーやシンポジウムなど、自分に与えられたあらゆる機会で私が話してきたことは、「異質な考えや人びとと共にあることの大切さ」と、「異質な立場の人びとと出会ったときに、闘うのではなく、和という思想（知恵）をもって生きる」という、この二つのこ

とに尽きてしまいます。私はくり返しこのことだけを語ってきたようなものです。しかし、考えてみると、社長を辞めてからの私は、この二つの理念を比較的実践しやすい立場で生きてきました。

どんな仕事にだれをパートナーとして選ぶかも、自由に決めることができますし、仕事を受けるために同業者と入札で競いあうこともありません。このことじたいは悪いことでもなんでもありませんが、そうやって仕事をしているうちに、私はいつのまにか、自分と波長のあう人とばかりつきあうようになっていたようです。自分とはずいぶん異なる考え方をもつ人との出会いによって、自身の信念がさらに鍛えられるような機会が、いつのまにか少なくなっていました。

選挙が始まると、私は久しぶりに、大切にしている思いや価値がそれぞれに異なる人たちとたくさん出会い、しかもその仲間たちと毎日、共同作業をしてひとつの場を育てていくことになったのです。

●降りていくこと、降りつづけて人とつながる

「勝つことのみを目的としない選挙をしたい人が、なんで、目のまえの人に勝とうとするの

か、ってことだと思うんですよ」

てらさんはそう言います。

「それに、目のまえのことにいちいち勝とうとしていても、そんなこと続くわけがない。勝とうと思いはじめたら、勝負って、いつまでも終わらないんじゃないかなあ」

まさにそのとおりです。私がいちいち勝つということは、相手はいちいち負けたということで、仲間との人間関係がきしんでいくのは、あたりまえの道理なのです。

「ぶつかったら降りること。それをくり返すこと。それができればきっと、清水さんは負けなかったってことなんですよ」

これは人とぶつかったら信念を捨てろ、などということではぜんぜんありません。言うべきことはどこまでもねばり強く言う必要があります。この選挙活動を通じて、私がねばり強くこだわりたいのは、「選挙という修羅場においても、人びとが共感して集まってくるような場づくりをしたい」ということです。そのためには、自分はどういうふうに考えて行動したらよいのだろう。どういう手だてを講ずれば、闘わないでやっていくことができるのだろう。今まさにこのことを問われているのでした。

てらさんの言葉に、私は自分が一歩下がればよいのだ、と気づかせてもらいました。自分が降りてもかまわないようなことなら、降りよう。この選挙で私がほんとうに譲れないことは、ひとつかふたつしかないはずだ。それ以外は、自分が負けたらいい。こころからそう思えました。そのときに、感情の始末をきちんとつけることができれば、なおよいでしょう。それができれば、自分をホメてあげてもいいくらい、感情というさざ波はうち寄せるのをやめない、ときにあつかいにくいものです。師の言葉がまた聞こえてくるようでした。「義晴くん。きみが慢心したときが、ぼくがきみから離れるときだ」と。

この本が出版されるころには、とうに選挙の結果も出ています。どんな結果となるのか、今はまったく予測がつきません。しかし、今後、ボランティア選挙で自分たちの社会を変えていこうとする流れが、ますます大きくなっていくだろうという確信は強くなるばかりです。また一方で、一人ひとりが自発的に参加して、市民が自分たちの選挙をやれるようになるまでには、時間が必要だったのだなあ、と実感してもいます。この十五年、二十年のあいだに市民一人ひとりはほんとうに力をつけてきた。そう思います。

私は今、選挙というなにも増して勝つことが求められる場で、勝負を超えた価値を探しもとめ、それをみんなで共有する「場」をつくりあげたいと願いつつ、仲間づくりに奔走する毎日を送っているところです。

あとがき

小山　直

清水義晴さんから、いっしょに本をつくらないかという話があったのは二〇〇一年六月のことでした。ある出版社から本をつくりたいという強い誘いがあり、それを受けたとのことでした。

私はまず、清水さんが自分の本を出版する気持ちになったことに少々驚きました。これまでにも似たような出版の話がもち込まれ、そのたびに清水さんは「まあ、私のことなんか人に紹介しなくてもいいじゃないですか」と、はぐらかしてきたらしいのを知っていたからです。よほど太郎次郎社の浅川氏が熱意をもって説得にあたられたのでしょう。清水さんは続けて、その本はだれかと共同作業でつくりたいと思っていますが、小山さん書きませんか、と私をそのパートナーとして誘ってくれました。

この本の「まえがき」を読んでいただければわかるように、清水さんはとても魅力的な文章を書く人です。自らを語るのに他のライターなど必要ではないし、問題があるとすれば、多忙で書く時間がなかなかとれないといった類のことだろうと、私は思いました。そのあたりのことを訊ねると清水さんは、「自分が考えていることをそのまま書くことならできるでしょうが、でも、それではつまらない。私を揺さぶって、引き出してもらいたいのです。それに、私はいつもだれかといっしょになにかを始めてきたんですよ。会社を育てることも、まちづくりも、道楽みたいなことも。そういう共同作業が好きなんです。だから本もそうやってつくりたいんです。共著ということにしようと思うのですが、いっしょにやりませんか」と言いました。私がこの本を書くのを引き受けるにあたっては、そんな経緯がありました。

私が本腰を入れてこの本にとりかかったのは、二〇〇二年になってからです。五月に新潟に行き八日間、朝から夕方まで清水さんにインタビューをしました。語られることの情報密度の濃さについていけずに、帰るころにはすっかり頭がバテてしまっていました。以前からうかがっていた話に加え、その後も何度か追加取材をしました。それから資料と取材ノートを何回も読み、それをカードにまとめていったのでしたが、びっしり書きこんだカードは百枚近くにもなりました。つぎに、それを本の構成にあわせて取捨選択する作業が必要でした。こうして、実際に文章を本格的に書きはじめることに取りかかれたのは、七月以降のことでした。

最終章の初稿を書き終えたのが十一月の初旬、新潟市長選挙のさなかでした。結果がわからないなかで書き進めるのは、けっこうスリリングな気分でしたが、篠田さんはみごと当選しました。私もほっとして、今、この「あとがき」を書いています。

清水さんが最初につくったこの本の構成デザインには、もっと数多くのまちづくりの具体的な事例がありましたが、書くときにはその半分以下にしぼり込みました。おもに私のほうからの提案でそうしたのでしたが、たぶん、清水さんには少し残念なことだったろうと思います。また、初稿にはあった清水さんの理念的な「語り」の部分も、大幅に削除しました。この本に登場する無名の一人ひとりの実践が、すでにその理念を「語って」いるという編集部の助言が、私をとても納得させたからです。北山理子さんは書き手の私を励ましつつ、最後まで適切なアドバイスを送ってくれました。

本を書いているあいだ、ずっと気になっていることがひとつありました。それは、清水さんが「だれにでもできること」や「みんなでやること」を大切にする目線を失わないということと、まだだれもやっていないことにチャレンジするのが大好きな先駆者的な一面をあわせもっていることとが、矛盾しているようにも見え、今ひとつ私には捉えきれなかったのです。しかし、最終章になってその答えが見えてきました。おそらく清水さんは「権威」が嫌いなのだと思います。

まず自分も他人も、立派そうに振る舞うことを好まないようです。若くして社長を辞めたのも、私は案外、肩書きのなにもない自分に戻りたかっただけなのではないかと思うことがあります。初対面の人には決まって「えにし屋の清水です」とだけ紹介し、ほかになにをつけ加えるわけでもありません。私はそんな清水さんをずっと、たんに謙虚な人だと思っていました。しかし今は、エスタブリッシュメントになることを、じつに注意深くしりぞけて生きている人なんだと感じています。清水さんのこういう一面が、読んだかたにきちんと伝わることを願うばかりです。

本を書き進めていた最後の半年間は、四、五日間くらいの休みを何度も断続的にとって原稿用紙に向かいました。私は浦河で燃料会社をやっているのですが、浦河にいると会社のことが頭から離れないので、いつも札幌まで車を飛ばしました。「社長がいなくてもぜんぜん大丈夫ですから」と社員（四名）に言われると、ちょっと複雑な気持ちもしましたが、いちどは本を書いてみたい、という私のわがままを応援してくれたことは、ほんとうにありがたく思っています。

最後に、私にこの仕事に取り組む機会をあたえてくれた清水さんと太郎次郎社の浅川満氏にお礼を申し上げます。こんなに長い文章を書いたのは初めてのことで、途中、何度も、書けないと弱気になったこともありましたが、なんとかゴールまでたどり着けました。清水さんを引き出すのが私の役割だったわけですが、果たしてできたのでしょうか。また、この機会を得て私自身がみなさんのおかげで新しい自分を引き出されたように思います。感謝申し上げます。

二〇〇二年十一月

小山 直

●著者紹介

清水義晴（しみず・よしはる）

一九四九年、新潟市に生まれる。早稲田大学法学部卒。高校に入ってラグビーの楽しさに出会い、夢中になる。卒業後、家業の印刷会社に勤める。二十六歳のとき、父親（社長）の突然の死によって経営を引き継いだ。三十八歳で経営をバトンタッチして相談役となる。二年間、現代美術館の運営などにたずさわったのち、フリーランスに。そのころからまちづくりにかかわるようになり、現在は「えにし屋」という屋号で全国のまちづくりやコミュニティー・ビジネス、人材育成などの仕事を手がけている。

著書に『理念空間の創造』『集団創造化プログラム』（ともに博進堂）、対談に『ワークショップは宝の山』（PS文庫）、『心価に着目したマネージメント』（博進堂）などがある。

弱点は機械に弱いこと。よって、いまだメールアドレスをもたない。

小山直（こやま・すなお）

一九五八年、北海道浦河町に生まれる。浦河高校を卒業し、父親が五十歳を過ぎてから設立した燃料会社に勤務する。二十六歳から三年間、札幌の印刷会社で働いたが、ふたたび帰郷して家業を継ぐ。燃料店の仕事をするかたわら文章を書きつづけてきた。

九〇年に初めて清水義晴氏の講演を聞き、感銘を受ける。それ以降、まちづくりをともにすすめる仲間づくりを続けている。浦河の住民として、本書でも紹介した「べてるの家」ともつきあいが長く、現在、廃棄される食品をリサイクルして豚を飼う会「エコ豚《とん》クラブ」の事務局長をつとめ、悪戦苦闘中。

ミニコミ誌『雑居ビルヂング』に九九年〜〇二年まで連載を執筆。また『べてるの家の「非」援助論』（医学書院）に書いた序文はひそかに評判をよんでいる。マルセイ協同燃料（株）代表取締役社長。社員の叱咤激励を受けてこの本を書き上げた四十四歳。

変革は、弱いところ、小さいところ、遠いところから

二〇〇三年一月八日　初版発行
二〇一〇年二月十五日　第四刷発行

著者　清水義晴＋小山　直

発行所　株式会社太郎次郎社エディタス
東京都文京区本郷四—三—四—三F
電話〇三—三八一五—〇六〇五
出版案内ホームページ　http://www.tarojiro.co.jp/
eメール　tarojiro@tarojiro.co.jp

デザイン　五十嵐瑞木（博進堂）
印字　筒場みよこ（博進堂）
印刷　モリモト印刷株式会社（本文）＋株式会社博進堂（装丁）
製本　株式会社難波製本
定価　カバーに表示してあります。

ISBN978-4-8118-0668-6